언니의 ——— (비밀계정)

(언니들의)

뜨거운
추천사

여성의 우정은 가부장제가 적극적으로 방해하거나 은폐하는 관계다. 여성 간의 우정으로 지은 말들은 이 세계에 더 많이 쌓여야 한다. 사랑보다 전복적이고 강한 힘은 없다. 김도치와 서반다의 우정을 지지하며!

_이라영(예술사회학자·『진짜 페미니스트는 없다』작가)

SNS 계정 뒤에 사람이 있었다. 그것도 아주 다정한. 김도치와 서반다가 서로에게 기분 좋은 정도의 관심과 사랑을 표현하는 모습에, 알았다. 계정 '읽는페미' 영업 비밀은 서로를 넘어, 연결된 '우리'를 감각하는 이 둘의 능력에서 나왔으리라.

_단(저널리스트·추적단 불꽃)

더 이상 운 좋게 살아남은 여자들이 아닌 관계를 통해 스스로를 변화시키고 일상을 바꿔 마침내 세상까지 바꾸고자 한다. 욕심 많은 여자들의 소소하지만 거대하고 담담한 일상의 이야기.

_김수정(변호사·호주제 및 낙태죄 위헌 소송 대리인)

이런 세상에서 페미니스트로 산다는 건 뭘까. 김도치와 서반다, 남남이던 두 여성이 서로에게 조금씩 다가가 친구가 되는 다정한 과정을 들여다보며 용기를 얻는다. 당장 해답을 찾지 못하더라도 함께할 수 있다면 외롭지 않다. 두렵지 않다.

_최지은(대중문화 기자 ·『엄마는 되지 않기로 했습니다』 작가)

(읽는페미)

팔로워들의
응원

함께 성장해나갈 페미니즘 동료가 있다는 게 얼마나 큰 힘인지요. 계정 '읽는페미'의 운영자님에게 편지를 나눌 수 있는 동료가 있었다면, 제겐 이 계정이 그러한 친구였어요!

_팔로워 su******* 님**

사실 저에겐 수많은 작가님보다 계정 '읽는페미'가 더 큰 힘이 되었어요! 뭔가 이 계정은 제게 직접 응원해주는 것 같은 느낌이었거든요. 진심으로 마음을 나누고 연대감을 느끼게 해주는 언니 같은 느낌이랄까요?

_팔로워 ah*_* 님**

계정 '읽는페미' 덕분에 세상을 바라보는 제 해상도가 높아졌어요. 가끔은 조금 더 힘들어질 때도 있지만 이제는 다시 뒤로 돌아갈 수 없다는 걸 알아요. 살아가는 동안 언제나 이 계정이 우리들의 곁에 계속 같이 있었으면 좋겠어요!

_팔로워 ba**__*__** 님

여자로서 살아가기는 쉽지 않고, 페미니스트로서 살아가는 것은 더욱 쉽지 않아요. 하지만 그럼에도 불구하고 숨 쉴 수 있는 것은 나와 같은 사람들이 있기 때문이겠죠. 계정 '읽는페미'를 통해 그런 사람들과 만날 수 있어서 늘 고마운 마음입니다.

팔로워 ss******_** 님

나 혼자만 갖고 있는 생각인가 하여 불편한 마음을 꾹 묻어두려고 할 때, 계정 '읽는페미'의 글을 읽으면 위로가 됩니다!

팔로워 wi****.***** 님

때로는 웃기도 하고, 울기도 하며 읽었던 얘기들을 이제는 책으로 만날 수 있다니! 정말 기뻐요! 계정 관리하랴 책 쓰랴 얼마나 많이 힘드셨을지, 짐작도 되지 않지만, 비밀계정 이야기가 공개계정으로 전달되는 그날까지 옆에서 응원하겠습니다!

팔로워 uo****__ 님

계정 '읽는페미'가 없었다면 함께한다는 마음을 쉽게 느끼진 못했을 거예요. 이 공간 안에서는 누구나 페미니즘을 쉽게 이야기할 수 있고 서로의 의견을 나누고 여성의 아픔에 함께 공감하고 분노할 수 있었습니다. 존재해줘서 고맙습니다. 앞으로도 지치지 말고 함께 달려 나가주세요.

_팔로워 _zy****** 님

당신만큼 단단한 사람은 본 적이 없어요.

항상 응원하고 있어요. 올려주시는 게시글에 함께 분노하고 공감하고 그렇게 배워가고 있어요!

계정 '읽는페미'를 알게 된 후 든든한 지원군을 얻은 것 같아요.

계정 '읽는페미'를 시작한 게 당신의 인생 터닝포인트였다면, 저는 '읽는페미'를 팔로우한 게 저의 작은 터닝포인트입니다. 전에는 너무 익숙해서 '이게 왜?'라고 생각했던 게 이 계정을 보면서 이게 불합리한 것을 깨닫고 페미니즘을 서서히 알 게 되었어요. 당신의 인생 터닝포인트가 많은 다른 사람들의 인생 터닝포인트를 만드네요. 시작해줘서 고마워요.

삶의 힘이 되고 응원이 되던 계정 '읽는페미'! 덕분에 몰랐던 걸 배우기도 하고, 알고 있음에도 쉬이 지나쳤던 수많은 순간들을 떠올리기도 했어요. 이런 계정이 있어서 의지가 됐던 것 같아요. 페미니즘을 접하면서 외로울 때가 참 많았는데 여기서 만큼은 마음 편하게 듣고 싶은 말, 하고 싶은 말들을 했던 것 같아요.

_팔로워 ma*************** 님

페미니즘에 대한 지적 갈망이 컸는데 계정 '읽는페미' 덕에 다양한 책들을 알게 되어 많이 성장했어요.

_팔로워 12**** 님

딸만 둘인데 제 딸들은 적어도 지금보다 나은 세상에 살길 바랍니다.

_팔로워 u_s******* 님

계정을 시작하는 것도, 책을 내는 것도, 괴리감을 마주하는 것도 모두 적지 않은 용기가 필요했을 것 같아요. 이런 계정이 있었으면, 하고 늘 바라는 마음이었는데 운영자님 덕분에 멀리만 하던 책들이 더 가까워졌어요.

_팔로워 bi***** 님

계정 '읽는페미' 덕분에 페미니즘에 더욱 가까이 다가갈 수 있었어요. 다 포기하고 싶은 순간에도 인스타그램에 들어오면 그래도 나와 같은 뜻을 가진 사람이 한 명쯤은 있다는 안도감이 들어요!

_팔로워 in*********** 님

계정 '읽는페미'를 알기 전 좁은 시야에 갇혀 지냈는데, 이 계정을 알게 된 후 다양한 시각과 제 안에 있던 혐오를 마주하게 되었습니다. 계정 '읽는페미'는 저에게 성장할 수 있는 기회를 주었어요.

팔로워 zx******* 님

계정 '읽는페미' 덕분에 말로 표현하기 힘든 감정과 생각들을 책을 통해서 가닥을 잡기도 했어요. 계정 '읽는페미'를 만들고, '행동'해주셔서 정말정말 고맙습니다!

_팔로워 ja**_*_* 님

세상에 화가 날 때, 우울할 때, 계정 '읽는페미'는 존재 자체로 위로가 되어줬어요. 직접 듣지 않아도 이 계정만은 늘 내 편일 거라 믿었고 그 마음만으로도 아주 든든하게 느껴졌어요.

_팔로워 _jx*** 님

이유도 모른 채 스스로를 미워했었어요. 덕분에 조금씩 미움을 버리고 세상 모든 여자와 여자인 나를 사랑해가고 있습니다.

_팔로워 mm****** 님

계정 '읽는페미'를 알고 난 뒤부터 꾸준히 책을 읽고 있어요. 계정에서 추천해주신 책들 위주로요! 이번엔 운영자님께서 직접 책을 통해 위로를 전해주신다니! 얼마나 반갑고 다행인지요. 항상 고맙습니다.

팔로워 b..a**** 님

상냥~하게 사회생활 하는 현실 속 제 모습은 진짜 나와는 다르죠. 하지만 그건 가식도 거짓도 아니고 그저 사회화가 잘된 우리들이라고 생각해요. 그래서 너무 큰 괴리감을 느끼지 않으려고요. 부디 '읽는페미' 운영자님도 그러셨음 좋겠어요. 어쩌다 너무 힘든 날엔 계정 '읽는페미'로 로그인! 함께해주는 사람들을 보면서 다시금 힘을 얻는답니다. 고마워요! 모두들!

인스타그램를 하지 않는 분들께도 계정 '읽는페미'의 이야기가 전해질 수 있다니, 기뻐요. 계정 안팎의 이야기들, 운영자님과 친구분이 나눈 이야기들이 궁금해요!

언니의 ——— (비밀계정)

주눅 든 나를
일으켜줄
오늘의 편지

김도치
×
서반다

이봄

(편지를 시작하며)

도치의
편지

SNS에서 계정 '읽는페미'를 운영한 지 어느덧 3년이 지났습니다. 새삼스레 계정을 처음 시작하면서 했던 다짐을 떠올려봅니다. 책을 소개할 뿐, 절대로 제 개인적인 의견을 표출하진 않겠다고요. 사회적 이슈에 대해 공개적으로 입장을 드러낸다는 건 동시에 불특정 다수에게 노출되고, 공격의 대상이 된다는 걸 의미하니까요.

저는 '온라인'이라는 공간 자체를 두려워하는 사람입니다. '나중에 큰 인물이 되었을 때를 대비해 흑역사를 만들지 말아야지'라는 귀여운 마음도 있었지만, 사실은 사람들이 댓글로 설전 벌이는 걸 지켜보는 것만으로도 정신적 에너지를 크게 소모하는 성격 탓이에요.

이런 제가 페미니즘 계정을 한다니 그 누구보다 제 스스로가 가장 놀랄 일이었죠. 그럴수록 굳게 다짐했습니다. 책 뒤에 숨어 있자고요. 그래서 저는 꾹 참았습니다. 페미니스트라는 이유만으로 악플에 시달릴 때, 현실에서 벌어지는 사건들에 화가 날 때, 세상이 나아지기는커녕 퇴보한다고 느껴질 때, 그럴 때면 혼자서 메모장에 울분을 토해내곤 했습니다.

처음엔 그저 누군가와 공유하고 싶은 이야기들로 시작해서 제가 느끼는 문제의식, 불합리한 사회 구조에 대한 비판까지. 시간이 갈수록 점점 제 안에 하고 싶은 이야기가 쌓여갔습니다. 그런 제 모습을 지켜보던 반다 님이 말했죠. "언니는 언젠가 책을 쓰게 될 거예요."

그 '언젠가'의 순간이 현실이 될 줄이야. 게다가 우리가 함께 책을 내게 될 줄이야. 반다 님이 아니었다면, 저는 여전히 메모장에만 글을 쓰고 있었을 테죠.

한편으론 제가 운이 좋았다는 것도 알게 됐어요. 페미니즘에 대해 관심을 갖고, 책을 읽고, 이렇게 대화를 나눌 친구가 있잖아요. 누군가는 페미니즘을 접할 기회조차 갖지 못했을지도 몰라요. 만약 제가 엄격하고 가부장적인 환경에서 자랐다면, 의문이 생길 때 그 마음 자체를 부정당했다면, 읽고 싶은 책을 마음껏 읽을 수 없었다면, 문제의식을 공유할 누군가가 없었다면 지금과는 또 다른 모습이었겠죠. 당연하게 여겨왔던 제 생활과 주변 환경에 감사한 마음과 동시에 용기가 생겼어요. 말할 수 있는 상황의 사람들이 조금 더 목소리를 내야겠다고요.

이 책은 계정 '읽는페미'를 운영하는 저와 저의 든든한 친구 반다 님이 주고 받은 편지들을 모은 것입니다. 계정을 중심으로, 아주 개인적인 경험에서

부터 사회 문제에 대한 생각들이 솔직하게 드러나 있어요. 책으로 엮어보니, 오늘을 살고 있는 보통의 우리들의 이야기 같다는 생각도 들었답니다.

'읽는페미'는 언제나 페미니즘이라는 문턱에서 망설이고 있는 사람들에게 힘껏 손을 뻗어요. 우리의 비밀계정에서 보다 많은 이야기들이 오갔으면 해요. 반다 님과 제가 그랬던 거처럼요.

2022년 초여름

읽는페미 운영자, 김도치

반다의
편지

언니와의 어색했던 첫 만남을 지나 언니의 비밀 계정을 알게 되고, 함께 여행을 가고, 이제는 책까지 쓰게 되었네요. 언니와 주고받는 편지들이 한 권의 책이 되다니. 너무 신기해요. 우리의 또 다음 페이지에는 어떤 편지들을 쓰게 될까요. 예쁜 편지지를 아주 많이 준비해야 할 것 같아요.

이 책은 언니에게 쓴 편지이지만, 동시대를 살아가고 있는 수많은 여성에게 보낸 제 마음이기도 해요. 당신은 혼자가 아니에요. 당신만 느끼는 감정과 불편함이 아니에요. 나도 당신과 같아요. 그런 마음을 전하고 싶었는데……. 조금 어설플지는 모르겠지만 부디 이 책에 담긴 제 진심만은 가닿았으면 좋겠어요.

요즘 출퇴근길에 짧은 머리의 여학생들을 많이 마주쳐요. 부끄럽지만 아직도 저는 그런 차림을 한 친구들을 보면 '여자야? 남자야?'라는 생각을 해요. 반사적으로 든 생각이긴 하지만 그럴 때마다 뇌에 힘을 주고 그게 뭐가 중요하냐고 스스로 가벼운 타박을 하죠. 이럴 때, 바로 언니의 비밀계정이 필요한 거 같아요.

전 여전히 미숙하지만 언니가 준 책과 들려준 이야기들을 통해서 많이 배웠어요. 제 흑역사들을 너그러운 마음으로 이해해주고, 실수를 바로잡아주는 이들이 있었기에 어제보다 조금 더 나은 지금의 제가 있는 것 같아요. 우리에겐 모르는 걸 알려 주는 선생님이, 나도 몰랐어 하며 끌어안아주는 친구가 필요해요. 이 책에 담긴 우리의 편지들이 그랬던 것처럼요.

지금 당장 세상의 불합리한 것들을 몽땅 바꿀 순 없지만, 옆에 있는 누군가에게 따뜻한 마음을 주는 것부터 시작해보았으면 해요. 이 책에 담긴 온기들이 돌고 돌아 누군가에게는 공감이 되고 위로가 되고 살아갈 힘이 되었으면 좋겠어요. 진심으로요.

2022년 초여름
언니의 영원한 친구, 서반다

(차례)

1. 나는 틈틈이 외로워져요

2. 언니의 꿈은 뭐였을까?

3. 우리는 잘 먹고 잘 살 거예요

부록

우연히 시작한 비밀계정

우연히 시작된 우리의 인연

이 우연들은 우리를 어디로 데려갈까?

1.

나는 틈틈이 ——— (외로워져요)

(언니의 비밀계정)

언니, 우리가 내외하던 시절을 기억하나요? 그땐 언니도 저도 서로를 선생님이라고 불렀죠. 지금 생각해보면 우린 그냥 직장 동료였으니 그 정도의 거리감이 이상하진 않네요.

전 당시 분위기가 좀 힘들었어요. 긴장됐거든요. 늘 어색한 적막이 흘렀고, 어쩌다 말 한번 붙이려고 하면 입이 떨어지지 않아 곤란했죠. 상체는 정면에 있는 모니터에 고정한 채, 눈알만 굴려 옆자리를 힐금거렸어요. 그러다 언니가 깊은 한숨을 내쉴 때, 속으로 '지금이다!'를 외치며 슬쩍 말을 건넸어요.

"선생님, 무슨 일 있으세요?"

질문이 끝나자마자 괜히 말 붙였나? 오지랖인가? 별의별 생각이 다 들었다니까요. 저 되게 소심한데 그땐 어디서 그런 용기가 났나 모르겠어요. 아마도 스마트폰을 들여다보던 언니의 얼굴이 순식간에 어두워지는 걸 지나칠 수 없었나 봐요. 무심해 보이는 동시에 외로워 보였거든요. 아! 물론, 저만의 착각이었을 수도 있죠. 평소의 저답지 않게 생각보다 말이 먼저 나온 상황이라 눈치를 보고 있었죠. 그때, 언니가 고개를 돌려 저를 바라보았어요. 잠시 골몰하는 표정을 짓더니 입을 뗐어요.

"아, 뭐 별건 아닌데……."

〈반 다〉

언니는 SNS에서 익명으로 어떤 비밀 계정을 운영하고 있다고 했어요. 정확히 어떤 계정인지는 알려주지 않았지만요. 그런데 그 계정에 악플이 잔뜩 달려서 기분이 좋지 않다고 했어요. 오전부터 미묘하게 가라앉아 보였던 언니 표정이 마음에 쓰였는데 그런 이유가 있었다니…….

저는 지금도 그 대답을 듣던 순간을 또렷이 기억해요. 저 선생님이 비밀계정을 운영한다고? 제겐 파티션 너머에 앉은 직장 동료의 비밀을 알아버린 날이어서 그게 무슨 계정인지 궁금한 것보단 놀라움이 먼저였어요. 동시에 심장이 두근거렸죠. 누군가의 비밀 하나를 알게 됐다는 건 그 사람과의 거리가 그만큼 가까워지는 거라고 생각했거든요. 뭔가 직장 동료였던 옆자리 선생님이 이젠 동네 언니가 된 기분이랄까.

언니의 비밀계정을 알게 된 이후, 우리는 꽤 많은 이야길 나눴죠. 업무 얘기가 아닌 아주 사적이고 내

밀한 이야기들을 말이에요. 남들이 볼 땐 시시콜콜해 보였을지도 모르겠어요. 하지만 전 우리의 대화가 전혀 사소하지 않다고 생각했어요. "우리 오늘 점심 뭐 먹을까요?" 같은 가벼운 질문으로 시작해서 "혹시 오늘 아침 기사 봤어요?"라며 하루가 멀다 하고 스러져가는 여성들의 삶을 한탄하거나 애도하곤 했으니까요.

저는 언니가 대화 도중 종종 떠오르는 책이 있다며 얘기해주는 게 정말 좋았어요. 언니랑 좋아하는 분야가 달랐기에 저에겐 생소한 제목의 책들이 많았거든요. 그리고 언니는 제가 몰랐던 기사나 책에 대해서도 곧잘 이야기해줬죠. 언니와의 대화는 세상을 바라보는 제 시야를 넓혀주었어요. 그러면서 한편으로는 제 궁금증이 날로 더 커졌어요. 도대체 언니가 운영하는 계정은 뭘까? 왜 게시글이 삭제되기도 하고 악플이 달리기도 하는 걸까? 혹시 우리가 나눈 대화들과 연관이 있을까?

차마 물어볼 순 없었어요. 말을 삼킬 때는 다 그만한 이유가 있을 테니까요. 아니면 모든 비밀을 다 공유할 정도로 우리가 친한 사이는 아닐지도 모르겠다고 생각했어요.

"나 사실 페미니즘 계정을 운영하고 있어."

호칭이 선생님에서 언니로 넘어갈 때쯤, 언니가 슬며시 고백했죠. 페미니즘 계정……. 사실 제게는 어렵고 무거운 주제로만 다가왔던 단어여서 멈칫할 수밖에 없었어요. 하지만 한편으로는 언니가 이 얘기를 하기까지 얼마나 많은 고민을 했을까? 하는 마음에 안쓰럽기도 했고, 이걸 내가 알아도 되나? 하는 조금 멋쩍고 고마운 마음도 있었어요. 그야말로 복잡한 심경이었죠. 하지만 무엇보다 언니가 걱정됐어요. 팔로워 2.7만. 언니가 올린 글을 2만 명이 넘는 사람들이 본다니요? 저는 그 숫자가 너무 무겁게 다가오더라고요. 무섭게 느껴지기도 하고요. 페미니즘 계정의 팔로워 수가 많다는 건 마냥 즐거운 일은 아니잖아요.

업무로 바쁜 와중에도 틈틈이 악플을 지우는 언니의 심정을 헤아려보아요. 언니에게 쏟아지는 수많은 화살들을 어떻게 견뎌냈을까 싶어 마음이 쓰려요. 지나가던 행인이 버리고 간 못된 댓글 하나가 생채기를 남기는 거겠죠. 그 행인은 자기가 누군가에게 상처를 줬다는 걸 알까요? 무례하기 짝이 없어요. 언니는 어디서 다쳤는지도 모를 상처에 참아왔던 눈물을 터트리는 날도 있겠죠. 그래서 늘 묻고 싶었어요.

언니, 오늘은 괜찮나요?

요즘도 종종 언니의 계정에 올라오는 댓글을 보면서 속상해하곤 해요. 계정 뒤에 사람이 있다는 걸 모르는 치들이 많은 거 같아서요. 언니가 야근을 자처하며 게시글을 만들고, 어떻게 하면 여성들의 이야기가 더 많은 이들에게 가닿을 수 있을지 고민하는 걸 많은 사람이 알아줬으면 좋겠어요. 함께 이야기하고 서로를 이해하자는 외침을 들어주길 바라요. 그때까지 묵묵히 뒤에서 언닐 응원할게요. 전 믿거든요. 언니의 비밀계정에 담긴 진심을요.

(악플을 넘어서)

포커페이스를 유지하며 악플을 대한다고 생각했는데 다 티가 났구나. 그날은 유난히 버거웠던 거 같아. 그래서 누구에게도 말하지 않았던 이 비밀계정 이야기를 너에게 털어놓게 되었나 봐.

너는 아침에 눈을 뜨면 가장 먼저 무얼해? 침대에 누워서 쌓인 카톡을 보려나? 어쩌면 넌 덕질이 일상이니 트위터부터 켤지도 모르겠다. 나는 인스타그램 댓글 창을 확인하며 하루를 시작해. 내가 운영하는 계정은 언제나 악플이 함께하거든. 안 그래도 일어나기 힘든 아침인데…… 참, 쉽지 않은 미션이지. 쏟아지는 스마트폰 화면의 불빛에 반사적으로 눈을 찌푸려. 아, 정말 너무 눈이 부셔서 눈물이 찔끔 날 것 같기도 해. 그때가 바로 타이밍이야.

아직 잠에서 깨지 못해 정신이 몽롱할 때, 바로 그때를 이용해서 얼른 악플을 치우는 거야. 더이상 내 눈에 띄지 않는 곳으로 가버려! 삭제, 삭제, 삭제. 감각이 선명해지기 전에 댓글 창을 관리해야 해. 그래야 기억이 안 나거든. 가끔은 머리를 감으면서 떠올려 봐. 분명 댓글을 삭제한 것 같은데, 뭐였지?

처음 악플을 마주했을 땐 심장이 미친 듯이 쿵쾅거리고 온몸이 뜨거워지는 기분이었어. 평온했던 일상이 순식간에 깨지면서 그 유리 조각들이 날카롭게 나를 찌르는 거야. 한마디로 생명이 단축되는 느낌이랄까. 이런 일들이 하루에도 몇 번씩 발생하다 보니 미치겠더라. 그래도 지금은 많이 무뎌졌어. 물론 여전히 화나고 답답하고 놀라운 일들이 많지만. 잠

결에 시간을 확인하려고 스마트폰을 켜면 악플이 수십 개씩 쌓여 있기도 했어. '피해자 코스프레 하지 마라, 요즘 그런 사람이 어디 있느냐'며 우리가 겪은 경험 자체를 부정하는 경우도 많아. 개인적으로 가장 불편한 유형은 바로 질문을 가장한 댓글들이야.

정말 몰라서 그러는데 A는 어떻게 생각하세요?

넌 이 댓글이 어떻게 보여? 예전의 나는 저 문장 그대로 이해했어. 저분이 정말 몰라서 그런가 보다, 내가 친절하게 알려 줘야지. 뭐 그런 마음으로 정성껏 답글을 달았지. 그런데 이후에 무슨 일이 벌어졌는 줄 알아? 저 댓글을 단 사람이 갑자기 화를 내면서 자기주장을 막 쏟아내기 시작하는 거야. 정말 깜짝 놀랐다니까. 스스로가 객관적이고 예리한 지적을 했다고 여기면서 뿌듯해하는 것 같더라. 애초에 이 계정에서 오가는 이야기들에 관심은커녕 그저 나를

〈도치〉

공격하기 위한 미끼성 질문이었던 거지. 양의 탈을 쓴 늑대가 이런 거구나 싶어.

그런데 여기서 참 웃긴 건, 그들은 스스로를 악플러라고 생각하지 않는다는 거야. 혐오로 가득한 댓글이 비공개 계정으로 달릴 것 같지? 아니, 의외로 얼굴과 이름을 드러낸 채 욕설을 내뱉기도 해. 차마 여기에 옮길 수도 없어(옮기고 싶지도 않고!). 심지어 댓글 창에 친구를 소환해서 악플행렬을 이어가기도 해. 그들에겐 이 계정에 올라오는 모든 게시물이 비난받아야 할 내용이라고 여겨지나 봐. 마치 개미를 손가락으로 꾹- 눌러서 죽이듯이 페미니즘 계정을 눌러버리고 싶나 봐. 아무런 문제의식도 없이, 오히려 재미있는 놀이라는 것처럼 악플을 달지. 나는 그런 태도가 진짜 문제라고 생각해. 정작 이 계정을 즐겼으면 하는 페미니스트들은 마음 편히 댓글을 달지도 못하는데 말이야.

그래서 열심히 댓글 관리에 힘쓰고 있어. 일을 하

다가도, 밥을 먹다가도, 잠을 자다가도, 언제라도 출동할 준비를 하고 있지. 혹시라도 싸움이 벌어지면 순식간에 나타나서 교통정리를 해야 하거든. 싸움은 보통 이렇게 일어나. 지나가던 행인1이 시비를 걸기 시작해. 게시물에 '공유할게요'라는 댓글이 있으면 그 밑에 답글로 '제발 공유해서 너 페미인 거 주변에 꼭 알려라' 이런 어처구니없는 악플이 달려. 싸움을 거는 거지. 줄줄이 이어지는 댓글대전이 발발하기 전에 얼른 삭제해야 해. 페미니즘 계정에 댓글을 다는 것 자체가 악의적인 비난을 감수해야 하는 일이 되어선 안되잖아. 비슷한 일이 반복되면 이곳에서도 더 이상 자유롭게 의견을 나누지 못할 테니까.

앗! 지금도 악플이 하나 달렸어.

keyboard warrior 우웩 역겨운 페미들은 대체 어디서 자꾸 기어 나오는 거야.

1분전   답글 달기

스트레스가 만병의 근원이라는데, 이러다간 건강에 문제가 생겨도 이상하지 않을 것 같아. 적응할래야 적응할 수 없는 상황들이 때로는 너무 버겁고 숨이 막혀. 내가 무슨 부귀영화를 누리겠다고 이 고생을 하는 거지? 모든 걸 다 그만두고 때려치우고 싶어. 그렇게 수십 번, 아니 수백 번 고민하고 또 생각했어. 그런데 도저히 그만둘 수가 없겠더라.

가끔 사람들이 내게 페미니즘 계정을 운영하는 용기에 대해 묻곤 해. 아무래도 이런 이유들 때문이겠지. 이렇게 스트레스 받으면서, 악플에 시달리면서도 대체 왜 그만두지 못하는 걸까? 가끔은 나도 궁금해. 그래도 오늘은 네 편지 덕분에 힘이 나는 것 같아. 어쩌면 이 비밀계정은 나의 용기보단 너와 닮은 여러 사람들의 마음 덕분에 이어지고 있는 건 아닐까?

(우리의 연결고리)

언니는 어쩜 편지도 그리 잘 쓰는지. 부러워요. 사실 전 편지를 쓰기 전에 꽤 큰 각오가 필요하거든 요. 모부님 생신처럼 특별한 날에만 쓰던, 다소 형식 적이고 귀찮은 일이라고 생각하기도 했고요. 늘 그 렇듯이 '낳아주셔서 감사하다'는 말로 시작해 '사랑 한다'는 마무리로 끝나는 뻔한 일이었죠. 그렇게 의 례적으로 써오던 게 편지였기에 종이 위에 볼펜을 올리는 순간부터 난항을 겪어요. 특히나 언니에게 보내는 편지엔 '어떤 근사한 언어로 마음을 사로잡을까' 하는 욕심까지 더해져 더 고민하게 되는 것 같아요. 이 편지도 그래요. 편지를 어떻게 시작할까 꽤 오래 고민하다가 조심스레 운을 떼봅니다. 저 정말 언니에게는 솔직한 마음만 전하고 싶거든요.

기억나요? 우리가 직장 동료로 처음 만났던 그날! 언니네 업체와 하는 첫 미팅이라 너무 긴장이 된 나머지 저는 뻣뻣한 나무토막 같았어요. 직업 특성상 채용이 확정되면 순환근무처럼 여러 업체를 방문해야 했기에 이 인사차 하는 미팅들이 가볍지만은 않았어요. 어쨌든 동료들과의 첫인사라는 생각에 많이 떨렸거든요.

그날은 언니가 근무하는 업체가 마지막 미팅 장소였죠. 하루에 미팅만 몇 번째인지 한숨이 나오기도 했지만 애써 표정을 갈무리했어요. 얼굴 근육을 당겨서 겨우 웃느라 혼자 곤욕을 치르기도 했죠. 미팅은 꽤 화기애애한 분위기였는데 그래서 저는 오히려 더 불안했어요. 어색함은 오로지 저만의 몫인가 싶었거든요.

그렇게 대화가 끝나갈 무렵 제가 조심스레 이야기를 꺼냈어요. 언니네 업체에서 근무하는 기간 동안은 재택근무가 어려우니 회사로 출근할 수 있는지 말이에요. 그때 언니가 단칼에 안 된다고 한 거, 기억나요? 난감해하는 기색도 없이 그건 어려울 것 같다고 해서 순간 겨우 짓고 있던 미소마저 사라질 위기였답니다. 물론 뒤이어 언니가 코로나19로 거리 두기가 강화된 상태라 지침에 따라야 한다고 설명해줬지만요. 언니의 말갛고 어린 얼굴 위에 자리 잡은 또렷한 눈빛과 똑 부러지는 말투에 나와는 너무 다른 사람이구나, 싶은 생각만 들었어요. 그래서 당시엔 앞뒤 재지 않고 나와는 가까워질 수 없는 사람이라고 선을 그어버렸어요.

그래서였을까요? 미팅 이후 오랜만에 언니를 만나는 첫 출근날 엄청 긴장했었어요. 두근대는 마음을 겨우 진정하고 사무실에 들어섰는데, 제 우려와는 달리 언니는 호쾌한 웃음과 함께 반갑게 절 맞이해주었죠. 저는 그제서야 긴장이 조금 풀렸어요. 낯선 환경 탓에 우왕좌왕하던 저를 차분히 달래고 업무의 A부터 Z까지 꼼꼼히 알려줬죠. 그래서 속으로 무척 미안했어요. '이렇게 좋으신 분인데 내가 오해했구나' 싶어서요. 괜히 민망하기도 했고요. 왜, 그래서 제가 그날 퇴근길에 언니한테 장문의 카톡을 보냈잖아요. 사실 첫날이기도 하고, 개인적인 연락은 부담일까 싶어서 전송을 누를지 말지 수십 번 고민했다니까요(웃음).

곁에서 지켜본 언니는 참 신기한 존재였어요. 본사에 갔다 오는 날엔 늘 양 옆구리에 무거운 짐을 한 보따리씩 들고 왔잖아요. 땀을 뻘뻘 흘리면서도 표정엔 힘든 기색 하나 없이 씩씩해서 정말 신기했죠. 쏟아지는 업무들을 거뜬히 소화하고, 돌발 상황에서도 당황하지 않고 차분히 일을 해결해나가는 모습은 감탄스러웠어요. 내심 정말 멋진 동료를 뒀구나, 싶어 뿌듯했죠.

아, 무엇보다 가장 좋았던 건 언니가 근무 시간에 던지는 '오늘의 질문'이에요. 언니의 질문은 때와 장소를 가리지 않고 제게 날아왔어요. 저는 그 순간순간이 정말 재밌었어요. 바빠서 그냥 지나치는 마음들을 언니가 다시금 상기시켜주는 것 같았거든요. 현재 인생에 점수를 매긴다면 10점 만점에 몇 점? 학창 시절로 돌아가고 싶은가? 가장 행복했던 순간은?과 같은 개인적인 질문부터 사람은 왜 살까? 인생의 가치관은? 같은 삶에 대한 깊이 있는 질문들까지 오갔죠. 그럼 저는 수능 마지막 문제를 푸는 학생처럼 골몰했지만 끝내 답을 하지 못할 때도 있었어요. 당시의 저는 그런 질문들에 대한 답을 내릴 힘이 없었거든요. 무기력하게 삶을 견뎌내는 제게 그런 질문들은 무용하게만 느껴졌어요. 그래서 조용히 웃음으로 무마하던 순간들도 있었죠. "사람은 왜 살까요?"라는 언니의 질문에 "그러게요, 왜 살까요? 저는 죽지 못해 살아요"라고 답할 순 없잖아요.

언니의 질문이 저를 아프게 찌른다고 느끼면서도 한편으론 답을 찾고 싶다는 마음이 동시에 들었어요. 실은 저도 삶의 이유나 목적이 생기길 간절히 바라고 있었거든요. 언니의 질문에 밝게 웃으며 "저는 이런 것 때문에 살아요!"라는 답을 들려주고 싶었어요. 당시에는 답을 찾지 못했지만, 지금은 말할 수 있을 것 같아요. '나'를 위해서 산다고요. 오래오래 언니 곁에서 재밌는 일들을 벌이기 위해서 산다고 말이에요.

물론 처음 언니의 질문을 받았을 땐 당황했어요. '업무 중에 왜 저런 걸 물으시지?' 하는 의심 가득한 마음이 없었다면 거짓말이겠죠. 하지만 회사에서 언니와 함께 생활하면서 그 의심들은 싹 녹아버렸어요. 그리고 녹아버린 마음 위로 즐거움이 돋아났죠. 언니가 던져주는 그 질문들 덕분에요. 아무리 친한 사이여도 쉽게 오가지 못했을 주제들이 우리 사이에

툭툭 끼어드는 게 재미있어요. 지루한 회사 생활에서 잠시나마 벗어난 기분이랄까.

언니는 전날부터 오늘의 질문을 생각하는 걸까? 그러다 잘 타이밍까지 놓친 적도 있을까? 그렇게 가볍게 시작된 생각의 꼬리는 길어지고 길어지다, 혹여라도 언니가 그어놓은 선을 제가 눈치 없이 밟은 날은 없었는지까지 뻗어나가요. 그런 고민의 밤이 지속되다 찜찜한 마음을 견디지 못할 땐 더듬더듬 편지를 써요. 조심스럽게 제가 느낀 게 맞는지 상대방에게 편지로 물어보는 거예요. 그럴 때면 쓸데없는 말들로 상대를 시험하지 않고, 정말 솔직하게 쓰는 거 같아요. 특히 받는 사람이 언니라면 더더욱 그래요. 그때마다 제 마음의 민낯이 고스란히 드러난 편지는 언제나 언니의 명쾌한 답장이 되어 돌아왔어요. 기면 기고, 아니면 아니다! 뭐 이런 똑 부러지고 듬직한 대답들 말이에요.

언니, 그거 알아요? 제가 바로 기다리던 말들이

언니가 준 답장 안에 가득 있었다는 거. 전 편지에 쓰인 언니의 단어들을 통해 믿음을 키울 수 있었어요. 누군가에게 마음을 털어놓을 수 있어서 얼마나 다행인지 몰라요. 게다가 그게 언니여서 더 좋아요.

〈선생님에서 언니가 되기까지〉

넌 언제부터 나를 언니라고 불렀을까? 난 가끔 우리가 서로를 '선생님'이라고 부르던 시절이 떠올라. 내가 말을 놓으라고 해도 네가 극구 거부했잖아. 존댓말이 더 편하다면서. 그런 네 대답을 들을 때마다 겉으론 "그래" 하고 웃었지만 '우리가 아무리 친해도 언니 동생 할 사이는 아닌가' 싶어서 내심 서운했어.

진짜 친한 사이는 말이 없어도 어색하지 않다고 하잖아. 물론 나는 우리 사이에 소리가 흐르지 않는

〈도치〉

시간들이 불편하거나 어색하진 않아. 그런데도 난 자꾸만 네게 말을 걸고 싶어. 네가 무언가에 집중하고 있을 때도, 더위에 지쳐서 만사가 귀찮을 때도 말이야. 네 상황과 상태를 다 알면서도 괜히 시답지 않은 농담을 하고, 장난을 치고, 내가 무슨 말을 하는지도 모르면서 이것저것 말을 내뱉기도 해.

나는 왜 이렇게 너에게 말을 걸고 싶을까? 아마 너와 연결되고 싶은 마음에 아무 말이란 공을 계속 너에게 던지는 것 같아. 너는 뛰어난 캐치볼 선수라 내가 던진 공을 능숙하게 받아넘기지. 그런데, 그거 알아? 내가 아무렇지도 않은 표정으로 툭툭 던진 그 아무 말이란 공이 항상 아무 말이었던 건 아니었어. 가끔은 가벼운 헛소리들 속에 묵직한 변화구가 숨겨져 있지. 심지어 말을 던진 나도 모르게 말이야. 그럴 땐 나도 당황하게 돼. 아차! 이럴 땐 얼른 정신을 차려야 해. 네가 아무리 뛰어난 캐치볼 선수라도 내가 던진 말 때문에 상처받을지도 모르니까.

가까워지긴 어려워도 멀어지긴 쉬운 게 사람 사이라고 하잖아. 관계라는 건 두 개의 실이 서로 얽혀야 비로소 시작되는데 반대로 이별은 쌍방의 동의가 필요하지 않아. 가위로 싹둑, 한쪽 실만 잘라버려도 끊어지는걸. 그 사실을 상기할 때마다 남몰래 다짐했어. 누구에게도 곁을 내어주지 않겠다고. 상처받느니 차라리 혼자가 되는 것을 택하겠다고. 그렇게 생각하면 차라리 마음이 편해지더라. 때로는 이런 내 모습이 독립적인 거라며 되레 자랑스레 여기기도 했어. 그런데 언제부턴가 그런 내 마음이 타인으로부터 나를 지키기 위함이라는 걸 알았어. 누군가와 멀어지는 게 나에겐 꽤 힘든 일이었나 봐. 그 사실을 정면으로 마주하게 된 건 아주 사소한 일 때문이었지.

나는 친구와 재밌게 놀다가 헤어질 때면 항상 뒤를 돌아봤어. 아쉬웠거든. 아직 함께 놀던 마음이 연결되어 있어서 그랬나 봐. 그런 애틋함으로 뒤를 돌아보면 친구는 벌써 날 다 잊은 듯 걸음을 바삐 하며 점점 멀어져갔어. 사실 너무나 당연한 것이기도 하고 사소한 일이기도 해서 차마 섭섭하다고 말할 엄두조차 내지 못했어. 근데 나는 그게 너무 서글프더라. 섭섭함, 아쉬움 뭐 이런 비슷한 감정들이 수없이 쌓이고 나니 이제는 일부러 뒤를 돌아보지 않게 됐어. 괜히 상대가 미워지기 전에 얼른 딴짓을 하는 거지. 예를 들면 스마트폰을 켜고 눈에 들어오지 않는 화면만 노려본다던가 그런 거.

언제였더라? 정확하게 기억나진 않지만, 너랑 헤어질 때 나도 모르게 뒤를 돌아봤어. 왠지 너라면……이라는 약간의 기대 같은 게 있었나 봐. 혹시 뜨끔했니? 너 그날도 정말 쿨하게 갔잖아. 마치 남인 것처럼. 스쳐 지나가면 그만인 사람처럼. 나는 그런 너의 뒷모습을 꽤 오래 바라봤어. 맞아, 사실 우린 남인데. 헤어지면 끝인 그런 사이인데. 멀어져가는 너의 뒷모습을 보면서 왜 그렇게 쓸쓸했을까?

그런데 참 신기하지. 나는 혼자가 낫다고 생각하는 사람이었는데 내심 네가 밀물처럼 계속 다가와주길 바라거든. 때로는 조심스레 때로는 과감하게 내가 그어놓은 선을 넘어 건네지는 손길이 고맙고 반가워. 사람에 연연하지 않는 척, 쿨한 척, 혼자서도 잘 사는 척, 오만 가지 척은 다 했지만 사실은 나도 누군가의 온기를 바라고 있었나 봐. 너랑 친해지고 나서야 알았어. 어쩌면 네가 그렇게 망설임 없이 헤어질 수 있는 이유가 내일도 모레도 우리는 만날 거란 확신이 있기 때문이란 걸.

내가 너의 선생님에서 언니가 되기까지, 우리 사이의 거리는 어느 정도였을까. 1991년과 1995년 사이의 시간만큼일까? 152센티미터와 163센티미터의 차이만큼일까? ENTP와 INFP의 간극만큼일까? 때로는 너와의 거리가 건널 수 없는 강처럼 멀게 느껴지기도 했지만 어쩌면 생각보다 훨씬 가까웠을지도 모른다고 생각해. 언제부터 네가 나를 언니라고 불렀는지, 말을 놓게 됐는지 전혀 기억나지 않는 걸 보면 말이야.

자연스레 내가 너의 언니가 된 뒤부터는 뒤돌아서 생각하는 게 별로 없는 거 같아. 애써 쿨한 척 딴 짓하지 않고도 말이야. 마주 보고 모든 말을 하는 건 아니지만, 말하지 않아도 알 수 있는 믿음 같은 게 생겼다고나 할까? 나는 여전히 헤어지는 네 뒷모습을 가만히 바라봐. 점점 멀어지는 너와 나의 거리 사이에 이젠 나의 쓸쓸함이 아니라 우리의 온기가 남아 있어. 나는 네가 별일 없이 집에 가길 바라고, 내일이면 또다시 만나 이런저런 이야길 나눌 생각에 마음이 부풀어. 우리의 호칭이 자연스레 변했듯이, 네 뒷모습의 의미도 어느새 바뀌었나 봐. 참, 신기하지.

PS. 그래도 내가 아주 힘든 날엔 가끔 네가 뒤를 돌아보길 기대해. 그 찰나의 순간이 나를 덜 외롭게 만들 거 같거든

(서운함 1차 대전)

네게 답장이 오기도 전인데, 다시 편지를 써. 쓸까 말까 고민하다가 큰 용기를 낸 거야. 휴, 심호흡 한 번 하고, 진짜 내 마음을 전할게.

"주말 잘 보냈어?"

"아, 네. ^^"

"뭐 했어? 친구 만났어?"

"네.^^"

월요일에 출근해서 널 만나면 나는 주말 동안 있었던 일들을 미주알고주알 신나게 늘어놓지. 그런데 정작 너는 네 이야기를 전혀 하지 않더라. 그저 저렇게 간단한 대답만 돌아왔어. 솔직히 얼마나 서운했는지 알아? 우리 대화는 자주 이렇게 흘러갔잖아. 나혼자 주절주절 떠들고, 너는 가만히 듣고. 그럼 내가 너에게 묻고, 넌 짧게 대답하고. 처음엔 대수롭지 않게 여겼는데 한번 의식하기 시작하니까 서운함이 불어나는 건 시간 문제더라.

너의 세심한 성격과 그에 못지않게 섬세한 내 성격이 우리를 연결시켰지만, 언젠간 그 예민함이 부메랑이 되어 돌아올지도 모른다고 생각했는데…….역시. 왜 슬픈 예감은 틀리지 않는 걸까. 그날은 그동안 대수롭지 않게 여겼던 너의 말과 행동들이 갑자기 다른 의미로 다가오기 시작했어.

나랑 말하기 싫은가? 내가 선을 넘는 건가? 넌 나를 직장 동료로만 생각하는 걸까? 어쩌면 네 나름대로 표현을 했는데 내가 눈치가 없었던 건가? 우리가 친하다고 생각했는데 혼자만의 착각이었나 봐. 그래, 네가 그렇게 나온다면 나도 이제부터 너에게 관심 갖지 않을 테다! 네가 먼저 말 걸기 전까진 나도 절대 말 안 해! 흥! 정말 유치하지?

그런데 내가 아무리 침묵을 유지해도 정작 네가 먼저 말을 걸지는 않더라. 2차 충격……. 네 얼굴을 보면 자꾸만 눈물이 삐질거려서 차마 쳐다보지도 못한 채 허공을 보면서 말을 뱉었어.

"이번 주말에 놀러 가기로 한 거 취소하자."

그렇게 서운함 1차 대전이 시작됐어. 그제서야 네가 놀란 토끼 눈을 하고선 입을 열었지.

"오늘 무슨 일 있어요? 언니, 이런 모습 처음 봐서 어떻게 해야 할지 모르겠어요. 혹시 제가 뭐 잘못한 거 있어요?"

"왜? 찔리나 봐?"

"…… 그게 무슨 뜻이에요?"

지금 생각해보면 내가 너무 날선 말들을 했구나 싶어. 그땐 이미 끓는점을 넘어버린 감정들이 쉽게 사그라들지 않고 계속 흘러넘쳤거든. 너는 그저 내가 먼저 말하길 기다렸을 뿐이라며 오해를 풀기 위해 애썼지만, 애초에 서운함이라는 필터를 쓴 나에겐 전혀 소용이 없었어. 그런데 그때 네가 그랬잖아.

"지금 언니의 감정적인 말들이 아니라, 그동안 우리가 주고받은 편지에 담긴 말들이 언니의 진심이라고 생각할게요."

네 말에 정신이 확 들더라. 돌이켜 보니 내가 참 비겁했던 거 같아. 자신의 감정을 제대로 들여다보지 않는 게 때로는 누군가에게 상처를 줄 수도 있다는 걸 그제서야 알았어. 그렇게 서운함 1차 대전은 허무하게 끝나고 우리 둘 다 빨개진 눈을 마주 보며 민망하게 웃었지. 이렇게 편지를 쓰고 나니 다시금 말하고 싶어져. 그때 정말 미안했어.

나는 그동안 친구에게 이런 감정을 털어놓기는커녕 혼자 슬며시 멀어지는 방법을 택해왔는데 살다 보니 내가 누군가에게 서운하다는 말을 할 줄이야. 그런데 의외로 아무런 일도 일어나지 않더라. 지나고 보니 상대에 대한 이해가 더 쌓이는 계기가 되는 것 같아. 속상했던 순간에 대해 털어놓고, 오해를 풀고, 화해하는 그 과정을 너와 함께 할 수 있어서 참 다행이야. 오히려 우리 관계가 더 단단해진 기분이 들어.

(도치)

(못다 한 이야기)

저는 지금 환한 대낮부터 언니에게 쓸 말을 고르느라 등을 잔뜩 말고 미간을 찡그리고 있어요. 키보드 위를 헛도는 손가락들을 보면 한숨만 나오죠. 한두 번 써본 편지도 아닌데 괜히 버벅거리게 되네요. 언니와 잠깐 사이가 좋지 않았을 때, 저 많이 힘들었어요. 언니에게 미움 받는 게 싫었고 무서웠거든요. 그게 무서워서 이번엔 용기를 내서 언니에게 먼저 말을 건 건데, 그 말에 언니가 화해의 손을 내밀어줘서 정말 고마웠어요.

사실 저는 말을 아껴요. 상대를 좋아하면 좋아할수록 더 말을 아끼죠. 이유는 간단해요. 저의 말 한마디 때문에 그 사람과 멀어질까 봐서요. 애초에 말을 하지 않으면 실수할 일도 없겠지 싶은 마음이었죠. 변명 같이 들릴지도 모르겠지만, 언니에게도 그랬어요. 제 딴에는 언니를 배려한다고 했던 행동이 상처가 될 줄은 몰랐어요.

　　그때 처음 알았어요. 상대가 먼저 말을 꺼내기 전에 질문을 하는 건 무례하고 배려 없는 행동이라 생각하는 저 같은 사람이 있는가 하면, 말을 걸지 않는 것이 관심을 두고 있지 않다고 생각하는 사람도 있다는 걸요. 아차, 싶었어요. 모두가 나와 같을 순 없는데, 왜 나만의 기준으로 관계를 형성하려고 했을까, 싶은 생각도 들었고요.

　　언니가 보내준 두 편지를 계속 들여다보았어요. 고마워서요. 나의 뒷모습을 끝없이 봐주고 지켜줘서 고마웠고, 서운함이라는 감정을 더 친해지는 마음으로 키워줘서 감격했어요. 제 이야기는 잘 하지 않는 저이지만, 오늘은 용기를 조금 더 내보려고 해요.

음, 저는 그동안 쓰렸던 마음도, 울다 지쳐 잠든 밤도 많았어요. 남겨진 이는 떠난 이의 심정을 헤아리려 애쓰지만, 떠난 이는 남겨진 이에 대해 궁금해하지 않잖아요. 이미 끊어진 관계에 자신의 에너지를 쓰기보단 앞으로 나아갈 것들을 더 생각하는 거 같아요. 적어도 제가 겪었던 사람들은 그랬어요. 그래서 늘 신호등의 노란불이 관계에도 있다면 얼마나 좋을까 생각했어요. 그럼 제가 친구의 선을 넘는 일은 없었을 텐데. 노란불 없이 훅 들어온 빨간불 앞에 제가 할 수 있는 건 아무것도 없어요. 그저 멀어지는 이의 뒷모습을 바라보며 그 자리에 가만히 멈춰 있을 뿐이죠.

외로움에 거창한 이유를 달지는 않아요. 300개가 넘는 연락처에도 지금 당장 전화할 사람을 찾지 못해 머뭇거리던 손가락 끝에도 진득한 외로움이 매달려 있는걸요. 어떤 특별한 사건이 일어나지 않아도 너무 많은 외로움들이 일상 곳곳에 숨어 있잖아요. 그냥 오늘 하루 그 외로움을 얼마나 많이 만났나에 따라 내 외로움의 크기가 결정되는 것 같아요. 외로움이 너무 큰 날은 뭘 해도 슬픈 날이라 눈물을 꾸역꾸역 잘 참다가도, 길을 걷다 탁 풀린 신발 끈 하나에 와르르 무너져버려요.

언니에게도 그런 날이 있었죠? 언니, 그런 날에는 우리 그냥 잠깐 쉴까요? 생각도 감정도 모두 멈추고 잠시 쉬는 거예요. 그렇게 마음을 좀 추스른 뒤에는 언니가 좋아하는 쌀국수 먹으러 가요. 국물 한 모금에 외로움을 녹여내고, 면 몇 가닥에 슬픔을 씹어 넘기는 거죠. 한 그릇 깔끔하게 비우고 나선 입가심으로 달달한 바닐라라테도 마셔요. 빈틈없이 서로를 껴안고 헤어지기 전에 뒤돌아 한 번 더 인사하는 거 잊지 말고요. '외로움' 대신 '아쉬움'을 채워서 헤어지자고요.

언니 말처럼 오히려 우리의 서운함 1차 대전 덕분에 우리의 관계가 더 단단해진 기분이 들어요. 남들 앞에서는 제 감정을 숨기기 급급했는데 언니 앞에서는 눈이 빨개질 정도로 울기도 하네요. 그런 제가 신기해요. 언니의 섬세하고 작은 배려들이 하나둘 모여 저를 조금 더 밖으로 드러낼 수 있게 하는 것 같아요. 제 안의 동굴에 머물러 있는 게 아니라 더 많은 사람들을 만나고 이야기를 듣고 함께하는 방법을 배우는 것 같고요. 그날은 미안하다는 말밖에 못했지만, 갑자기 쓰게 된 이 편지에는 고맙다는 말만 전할래요. 사실 그날 못다 한 이야기가 이거였거든요.

(엄마, 나 친구네 집에서 자고 올게)

지금 이 편지를 어디서 쓰고 있는 줄 알아? 바로 너네 집 거실이야. 조금 전까지만 해도 침대에 나란히 누워 너는 트위터를, 나는 인스타그램을 하고 있었잖아. 그러다 까무룩 잠이 든 너를 뒤로 한 채, 슬며시 일어나 노트북을 챙겨 방을 빠져나왔어.

솔직히 고백하자면 네가 나를 집으로 초대했을 땐 격렬하게 오기 싫었어. 만약 네가 "언니, 진짜 그렇게 싫었어요?"라고 묻는다면, "응. 진짜진짜 싫었어"라고 말할 것 같아. 이제라도 안 간다고 할까, 그럼 네가 실망할까, 이번에 거절하면 다음 기회는 없는 걸까, 혼자 이런 생각까지 했는걸. 웃기지? 그런데도 네 초대에 응한 건 이런 내 마음이 우리 관계를 망쳐버릴까 봐 무서웠기 때문이야.

어렸을 때부터 우리 부모님은 집에 친구를 데려오는 걸 좋아하지 않으셨어. 당연히 내가 친구 집에 가는 것도 민폐라고 배웠고 심지어 그 흔한 생일파티조차 한 적이 없었어. 그러다 우연히 친구네 집에 간 적이 있어. 처음 가본 친구네 집이라 조금 상기되어 있었던 거 같아. 재밌게 잘 놀다가 물을 마시려고 찬장에서 컵을 꺼냈는데, 친구가 화들짝 놀라더라. 그 컵은 아빠만 사용하는 컵이라 안된다고 말이야. 아차, 우리 집도 각자 쓰는 컵이 구분되어 있는데 내가 실수할 뻔했구나. 그 이후론 더더욱 친구네 집 가기를 멀리했어. 나도 모르게 폐를 끼칠지도 모르니 말이야. 어쩔 수 없이 가게 되면 그 집에 있는 물건은 절대 만지지 않고, 최대한 가만히 앉아만 있었지. 나 물

좀 줄래, 여기 앉아도 될까, 이거 해도 될까, 저거 해도 될까 하며 모든 걸 조심스레 행동해야 하는 상황이 불편했거든. 아니, 실은 내가 무심결에 한 행동 때문에 친구가 날 싫어하게 되면 어쩌나 걱정됐던 거야.

그런 내가 어쩌다 너희 집에 오게 됐을까? 이건 정말 미스터리야. 그것도 무려 2박 3일을! 무려 어른들도 계시는 집에! 내가 정해둔 나만의 견고한 규칙에 금이 가기 시작했어.

사실 너의 반복되는 제안을 매번 거절하는 게 못내 마음에 걸려서 마지못해 알겠다고 대답하곤 얼마나 후회했는지 몰라. 심지어 네가 집이 비었다고 해서 오케이 한 거였는데 그 사이에 상황이 달라졌잖아. 엘리베이터를 타고 11층까지 올라가는 그 시간이 얼마나 길게 느껴지던지. 딸칵, 너네 집 현관문이 열리는 그 순간에도 후회했어.

아, 집에 가고 싶다.

호랑이 굴에 제 발로 들어가는 심정으로 비장하

게 입장했지. 마침 거실에서 TV를 보고 계시던 아버지께 "안녕하세요" 하고 씩씩하게 인사드리며 고개를 꾸벅 숙였어. 아차, 분명 방금 전까지 벼락치기로 열심히 수어를 외웠는데. 네가 잘한다고 칭찬도 해줬는데. 실전에선 하나도 기억이 안 나는 거야. 괜히 어설프게 하는 것보다 차라리 안 하는 게 낫겠다 싶어하던 그 순간,

"아빠~ 언니가 할 말 있대!"

헐(수어로 '헐'도 배웠다고). 막상 판을 깔아주니 얼마나 부끄럽던지. 팔을 허공에 몇 번 휘적거린 게 전부였지만 다행히 아버지가 좋게 봐주신 것 같아. 환하게 웃는 아버지의 표정에 난 괜히 머쓱해하며 후다닥 방으로 들어갔지.

네 방은 정말 신기했어. 종종 독특한 인테리어 소품을 보면 '저런 걸 누가 사지?' 생각했는데 아, 그 사

람이 여기 있구나. 그런데 그게 참 너랑 잘 어울리더라. 간접조명에 디퓨저까지 세팅되어 있는 방 곳곳에서 너의 손길이 느껴졌어. 벽에 붙어 있는 포스터마저 너다웠지. 너의 취향이 고스란히 드러나는 책장을 구경하고, 수많은 책들 사이로 내가 선물한 책이 꽂혀 있는 걸 보면서 내심 뿌듯하기도 했어. 그리곤 시선을 돌려 침대를 봤는데 베개 두 개가 나란히 놓여져 있는 걸 보고 감동받았어. 너네 가족들이 날 환대해주는구나 싶었거든. 할머니께서 나를 위해 베개를 미리 준비해주신 걸 보곤 그제야 마음이 조금 놓이더라.

우리는 밤새 보드게임을 하고, 학창시절 졸업앨범을 꺼내 보고 애틋함과 유쾌함 그 사이를 오가는 대화를 쉼없이 나누었잖아. 낯설고 포근한 공간에 나란히 누워 밤새도록 이야기를 나누다가 잠드는 경험을 네 덕분에 해보네. 어쩌면 나는 내심 이런 순간을 기다려왔나 봐.

(즉흥 여행, 어디까지 가봤니)

저 마제소바는 처음 먹어봤어요. 잘게 다진 양념 고기가 탱글탱글한 면 위에 고명처럼 올라가 있고, 그 주변을 감싼 쪽파와 김 가루가 풍미를 더하죠. 고기 위 화룡점정으로 놓인 달걀노른자 하나가 탁! 여기에 가게의 은은한 조명까지 더해지니 더 먹음직스러워요. 낯선 비주얼만큼이나 호기심을 자극하는 맛이었어요. 처음 먹어본 마제소바는 짭짤하면서도 고소했어요. 그래서 그럴까요? 아직까지도 전 그날을 이 맛으로 기억하고 있어요.

절반쯤 먹어갈 때 제가 언니에게 여행 가고 싶다고 했잖아요. 근데 사실 그건 진짜 '여행을 가자'는 게 아니라 반복되는 일상의 지루함을 참지 못해 내뱉는 습관 같은 거였어요. 맞아요, 으레 하는 말이요. 그런데 그때 언니는 고요한 낯으로 저를 바라보더니 "그럼 가면 되지"라고 해서 저 조금 놀랐어요. 마치 이 말을 하는 제 기분을 다 아는 것 같았거든요. 그냥 했던 말임에도 내심 그 답이 나오길 바랐나 봐요. 언니도 알고 있었죠? 먹던 젓가락을 내려놓고 제주도를 갈까, 강원도를 갈까, 부산을 갈까 요란스레 고민했으니까요. 내일도 출근해야 한다는 사실은 머릿속에서 까맣게 지워진 지 오래였어요.

점심을 먹은 후 회사에 돌아와서 잽싸게 비행기 표와 숙소를 알아보는데 저 엄청 들떴어요. 평소에도 죽이 잘 맞지만, 이럴 땐 진짜 둘도 없는 영혼의 쌍둥이 같아요. 비행기 시간대에 맞춰서 여행지는 부산! 일사천리로 언니는 비행기 표를, 저는 숙소를 결제하고는 뿌듯한 미소를 교환했죠. 아, 이때 진짜 기분이 좋았어요. 물론 이륙하기 6시간 전인 그날 오후 업무 또한 두말할 것 없이 일사천리였죠!

그렇게 우리는 고작 12시간짜리 부산 여행을 떠났어요. 이 얼마나 허무하고 비효율적인 여행인가 싶어 스스로도 어이가 없었죠. 부산에 바다를 보러 가는 것도 아니고 엄청난 맛집을 가기 위함도 아니었잖아요. 그저 떠나고 싶다는 마음 하나만으로 떠난 거니까요.

언니와 시시덕거리며 공항으로 향하는 길에 할머니의 전화가 걸려왔어요. 그제야 저는 아차 싶었죠. 심호흡을 하고 통화버튼을 누르자마자 "왜 안 와!" 하고 소리치는 할머니께 "맞다! 나 부산 가!"라고 대답하곤 결국 한 소리 들었잖아요. "넌 무슨 부산 다녀온단 말을 집 앞 슈퍼 갔다 오는 것처럼 말하냐" 하는 할머니의 잔소리에도 어찌나 즐겁던지. 오늘 아침에 출근할 때만 해도 이런 서프라이즈가 벌어질 줄 누가 알았겠어요.

떠나는 비행기 안, 언니가 비행을 어려워하는 걸 알기에 미안한 마음도 들었어요. 제가 언니 손을 가벼이 쥐니 언니가 낮은 소리로 고맙다고 했죠. 전 뒤이어 언니가 한 말이 꽤 오래 남더라고요.

"방송인 김숙 씨랑 송은이 씨를 보며 참 대단하다고 생각했어. 하루는 김숙 씨가 새벽에 송은이 씨에게 연락해 바다가 보고 싶다고 이야기했는데, 송은이 씨가 '바로 가자!'라고 했대. 김숙 씨의 말 한마디에 둘은 그 새벽에 바다를 보러 간 거야. 난 둘의 관계가 참 신기하고 부러웠어."

전 그저 웃기만 하고 별다른 답을 하진 않았지만, 그 말을 꺼낸 언니의 마음은 정확하게 알 수 있었어요. 그냥 그런 순간이 있잖아요. 굳이 말이 필요 없는. 그래서 저도 고맙다는 말 대신 언니의 손을 한 번 더 꼭 쥘 뿐이었죠.

밤 9시. 거짓말처럼 부산이 우리 앞에 있었어요. 뭘 할까 하다가 숙소에 짐만 두고 늦은 저녁을 먹으러 갔어요. 그때 바라보았던 낯선 도시와 밤거리를 헤맸던 풍경은 제 기억 속에 오래 남아 있어요. 그날도 우리는 "진짜 웃기다", "그러니까 내 말이"처럼 알맹이 없는 대화를 나누면서 깔깔거렸죠. 아! 맞다. 와인을 한잔씩 기울이다가도 언니가 뜬금없이 "부산 이행시!" 하고 외친 것도 진짜 웃겼어요(근데 언니! 부: 부부가, 산: 산에 갔다…… 너무하지 않나요. 어디 가서 이행시는 하지 말아요). 그날은 정말 점심으로 먹은 마제소바처럼 모든 게 다 새로웠어요.

부산 여행 이후, 저 혼자 제주도로 훌쩍 떠났을 때, 언니가 깜짝 선물이라며 영상 하나를 보내줬던 거 기억나요? 이건 뭐지? 하고 영상을 눌러 보니 지난 우리의 부산 여행이 담겨 있어 또 한 번 감동! 12시간을 8분으로 요약한 언니의 능력에 감탄하기도 잠시, 문득 영상 속 제 얼굴이 되게 낯설더라고요. 티 없이 동그란 얼굴로 웃는 제 모습을 마주한 게 너무 오랜만이었거든요. 영상 속 제 자신에게 질투가 나고 부러울 정도로 편안하고 자유로워 보였어요. 부산에 가서 한 거라고는 와인 한잔 마시고 대화를 나누다 잠든 게 전부였는데 말이죠. 아이처럼 웃는 제가 좋아서 혹은 낯설어서 동영상을 몇 번이고 돌려 봤어요. 뭐가 그리도 즐거웠을까.

역시 개똥밭에 굴러도 이승이 더 좋은 건 맞나 봐요. 언니와 함께하는 동안 나는 학학거리며 웃기도 하고 낄낄거리며 웃기도 하고 소리 없이 끅끅거리며 웃기도 해요. 웃는 방식이 이렇게 다양하다는 걸 언니를 통해 알게 됐어요. 마제소바, 즉흥여행, 나의 얼굴, 웃는 방식까지. 언니 덕분에 새삼 새로운 게 많은 요즘이네요.

〈반다〉

(편지를 주세요)

편지를 받는다는 건 참 설레고 떨리는 일이야. 태연한 척 애쓰지만 사실 네가 건넨 편지를 쥔 순간부터 심장이 두근거려. 어떤 내용이 나올지 전혀 예측할 수 없으니 묘하게 긴장되기도 하더라. 편지지를 펼치기 직전까지 그 찰나의 시간이 왜 이렇게 길게 느껴지는지.

편지지를 딱 펼치면, 수능 1교시 국어영역 문제를 푸는 심정으로 빠르게! 동시에 행간에 숨겨진 의미를 쏙! 쏙! 찾아가며 초집중해서 읽어. 그렇게 전체를 훑어보고 나서야 겨우 마음의 여유가 생겨. 휴, 다행히 나에게 서운한 건 없나 봐 하면서 말이지.

그제야 차분한 마음으로 다시 편지를 읽기 시작해. 고심하며 골랐을 편지지와, 나를 생각하며 한 글자 한 글자 채워나갔을 그 마음을 떠올리며 꼼꼼히 읽는 거야. 때로는 종이 위의 까만 글자를 손가락 끝으로 쓱- 훑어보기도 해. 네 마음을 한 방울이라도 흘리지 않으려고. 나에게 편지를 주고 난 뒤 너는 어떤 심정일까? 숙제 검사를 받는 마음일까? 100점짜리 시험지를 자랑하는 마음일까? 아무튼 조마조마하게 내 반응을 살피고 있지 않을까?

사실 너의 그런 시선을 의식해서 일부러 기쁜 마음을 꾹 숨겨. 헤실헤실 웃는 모습을 보여주기엔 너무 부끄럽거든. 고맙다는 말만 전하고는 얼른 편지를 가방에 집어넣어. 그리곤 아무렇지 않은 척 하루를 보내는 거야. 근데 그거 알아? 우리의 진짜 편지는 이제부터 시작돼. 퇴근하는 지하철에서 다시 꺼

(도 최)

내 읽고, 내 방에서도 읽고, 다음 날 출근해서도 읽고, 너의 진심어린 애정과 응원이 필요할 때면 언제든 꺼내 보는 거야. 한없이 작아지는 기분이 들 때, 삶이 무의미하게 느껴질 때, 우울함에 푹 잠길 때. 그럴 때 네가 준 편지는 어떤 처방보다 효과적이야.

편지 속에는 그 시절의 우리가 오롯이 담겨 있잖아. 마치 흘러가는 시간을 살짝 도려내 담아둔 것 같기도 해. 그 시간 속의 우리가 남아 있어서 참 좋아. 주고받는 편지에 너의 진심을, 아픔을, 고민을 담아 던져줘. 그럼 나도 무심한 척 따뜻하게 너에게 애정을 건넬게.

쌤 오늘 여러모로 잘 챙겨주시고 알려주신 게 감사해서 이렇게 메시지 남겨요..! 첫 출근 날이라 겉으론 티 안 났겠지만(?) 엄청 긴장하고 있었거든요. 그런데 선생님께서 편안한 분위기 만들어 주시고 일하는 내내 밝게 웃으면서 대답해 주셔서 저도 금방 긴장 풀고 즐거운 마음으로 일했던 것 같아요! 앞으로도 늘 오늘처럼만 즐겁게 일하고 싶어요~! 퇴근길이 고생스러우실 텐데 얼른 집에 가셔서 푹 쉬시고 주말 잘 보내세요:) ♥

♥ 1   ⌂

(반다)(도치)

2.

언니의 꿈은 ——— (뭐였을까?)

(미용 몸무게 48.6킬로그램)

오늘 아침은 정말 멍했어요. 9시까지 출근해야 하는데 눈을 뜨니 8시더라고요. 지금 일어나도 출근 준비가 빠듯한데 정신은 여전히 딴 곳에 가 있었죠. 아무리 계약직이라도 11월까지는 출근해야 하니 이런 버거운 아침이 몇 달은 계속되겠구나 싶어 울적해지기도 했고요. 그래도 오늘의 나는 살아야지, 하는 마음에 세수를 합니다. 아침 식사는 가볍게 건너뛰었어요. 오늘도 어김없이 체중계라는 심판대 위에 올라가야 하거든요.

심판대 위에 선 저는 초긴장 상태가 돼요. 다이빙 선수가 된 것처럼 발끝에 온 신경을 집중하며 체중계 숫자만 내려다보고 있어요. 그렇게 실눈을 뜨고 발 사이로 보이는 숫자를 노려봐요. 55.6킬로그램. 이런, 어제보다 0.7킬로그램이나 더 쪘네요. 어제저녁 늦게 먹은 냉면이 문제였을까요? 아니면 커피와 함께 욱여넣은 휘낭시에 두 조각이 원인 제공을 한 걸까요? 아, 밤늦게 운동했는데 몇 시간 사이에 멋진 근육이 완성되어 무게가 더 나간 걸까요? 하하, 그건 아니겠죠? 그냥 제가 문제인 거 같은 기분은 왜일까요?

불과 몇 개월 전만 하더라도 저는 46킬로그램이었어요. 한 달에 1~2킬로그램씩 꾸준히 빼서 얻어낸 몸무게였죠. 하루에 기본 2만 보를 걸었고 운동을 다녀온 날에도 따로 홈트레이닝까지 했어요. 당시의 생활에 만족했냐고 묻는다면 "아니요"라고 단언할 수 있어요. 아무리 살을 빼도 부족하다는 생각만 들

（반 다）

었죠. 간혹 남들에게 "너 말랐어! 살 좀 쪄!"라는 말을 들어야만 희열이 느껴졌어요.

하지만 그것도 잠시, 그 감정은 바람에 스치듯 사라지고 그 자리에 헛헛함이 몰려와요. 남들의 평가에, 체중계 위로 가벼워지는 숫자에, 일희일비하는 순간만 남는 거죠. 음식을 먹기 전에 칼로리를 계산해본다던가, 화장실 변기에 앉아 퍼지는 허벅지에 손날을 세워 자르는 시늉을 한다던가, 계절에 상관없이 엉덩이를 가리는 길이의 옷을 더 선호한다던가 하는 것들 말이에요.

지난주, 집에서 예능 프로그램을 보는데 함께 보던 할머니가 "어휴, 쟤는 저렇게 뚱뚱해서 어떡하냐"라며 혀를 찼어요. 저는 그 말에 발끈해서 "할머니, 그건 아니지. 그렇게 얘기하면 안 돼"라고 대꾸했어요. 실은 찔려서 그랬어요. 할머니가 그렇게 말하기 전에 이미 저도 그렇게 생각하고 있었거든요.

나는 저 정도는 아닌데. 저 사람 허벅지 좀 봐. 맞

는 바지 찾기 어렵겠다. 이런 생각요. 악의는 없었어요. 다만 이 모든 생각이 너무 자연스럽게 흘러갔다는 게 혐오스러웠을 뿐. 그리고 그 화살은 곧장 저에게로 향해요. 네 허벅지부터나 봐라. 살 퍼져 있는 꼴 좀 봐, 너무 싫다. 이런 생각이 들면 허벅지를 오므려 이불 아래로 숨겨버려요.

꽤 오래전부터 나왔던 이야기인데도, 여전히 인터넷 커뮤니티엔 '1xx센티미터에 xx킬로그램이면 뚱뚱한가요?'란 게시물이 넘치죠. 그래서 그런지 시간이 지날수록 더 여성들의 몸에 대해 많이 생각하게 돼요. 미디어에서 조장되고 소비되는 여자들의 몸에 대해서요. 그 어디에도 품평되지 않는 몸은 없어요. 마르면 마른 대로, 뚱뚱하면 뚱뚱한 대로 말이죠. 얘는 여기가 어떻고 저기가 어떻고 어쩌고저쩌고…….

너무 구역질나고 진절머리가 나요. 그런데 있잖아요, 언니. 사실 제일 싫은 건 몸에 대해 끊임없이 재단하고 품평하는 사회적 분위기를 비판하면서도,

〈반디〉

다이어트를 끊을 수 없는 제 자신일지도 몰라요.

다이어트를 한다는 친구에게 "너 정도면 말랐지. 네가 뺄 살이 어디 있어. 건강만 챙겨"라고 말하면서도 속으론 은근히 제 몸과 비교하죠. 저보다 말랐든 아니든 간에 타인에게는 "너는 더 쪄도 돼!"라고 말하면서, 스스로에겐 가혹하기 짝이 없네요. 인간의 욕심은 끝이 없다는 게 이럴 때 쓰는 말일까요. 저는 아마 평생 제 몸무게에 만족하지 못하고 살지도 몰라요. 있는 그대로의 나를 사랑하는 일은 왜 이렇게 어려울까요? 46킬로그램의 저도, 56킬로그램의 저도 결국 저일 뿐인데요.

여전히 지방분해 주사는 얼마인지 검색을 해보는 날도 있고, 한 치수 작은 바지를 사놓고 다이어트를 다짐하기도 해요. 친구들을 만나 잔뜩 먹은 날에는 집에 돌아와 득달같이 몸무게를 재요. 절망과 자괴감 사이의 이 줄다리기가 괴로워요.

언니도 살 때문에 절망스러운 날을 겪어본 적 있

나요? 있는 그대로의 나를 자연스럽게 받아들이며

사랑할 수 있다면 얼마나 좋을까요.

(반다)

(스무 살의 목주름)

너의 편지를 보면서 정말 많이 반성했어. 나는 네가 말라서 부럽다고만 생각했거든. 그 뒤에 숨겨진 강박과 스트레스는 외면한 채 보고 싶은 모습만을 취사선택해왔던 거야. 동시에 나만 그런 게 아니었구나 하는 안도감도 들었어(이것도 참 못났지).

불행인지 다행인지 나는 외모에 별로 관심이 없었거든. 그런데 꾸미지 않은 여자는 여자답지 못하다며 또 다른 사회적 압력이 가해지더라. "여자애가 머리도 좀 기르고, 화장도 하고, 치마도 입고, 남자

친구도 사귀고 그래야지"라는 말은 너무 뻔한 레퍼토리라서 이젠 하품이 나오기도 한다니까. 그렇다고 해서 외모에 대한 콤플렉스가 아예 없는 건 아니야. 제일 신경 쓰이는 부분은 바로 목주름! 거울을 볼 때마다 목을 가로지르는 이 선들이 거슬려.

예전에 〈진실게임〉이라는 예능 프로그램이 있었는데, 너도 알려나? 벌써 10년도 넘었지. 당시에는 꽤 인기 있는 방송이었어. 예를 들면 외모가 남자처럼 보이는 출연자들을 모아놓고 '이 중에 진짜 여자는 누구?' 뭐, 이런 식의 콘셉트야. 대충 감이 오지? 해당 주제의 진짜와 가짜를 찾는 프로그램이었는데 소재 때문에 불편할 때가 좀 많았어. 예를 들면 진짜 트렌스젠더를 찾아라, 진짜 성형미인을 찾아라 등등. 그중에 지금까지도 기억에 남는 회차가 있는데 바로 동안의 출연자들을 모아놓고 진짜 여대생은 누구인지 찾는 거였어. 진짜 여대생은 단 한 명이고, 다른 출연자들은 어려 보이는 외모를 가진 사람들인 거지. 그 방송에서 한 게스트가 이런 말을 했어.

"얼굴은 나이를 숨겨도 목주름은 못 숨겨요."

지금은 방송 내용이 정확히 기억나지도 않지만, 이 '목주름'이란 단어 하나만은 뇌리에 강렬하게 남았어. 그 말을 듣기 전에는 사람이니까 목에 주름이 있는 게 당연하다고 생각했거든. 어떻게 목주름이 없을 수가 있지?

어린 여자에게 높은 가치를 부여하는 사회적 분위기 속에서 나는 동안이라 그나마 다행이라고 생각해왔는데, 갑자기 이 목주름이 걸림돌이 된 거야. 이걸 해결하지 못하면 동안으로 보이기에 실패하는 거잖아. 진짜 나이를 속이진 못하더라도 최소한 어려 보이고 싶었는데. 동안으로 오래오래 남고 싶었는데…….

목주름의 원인이 잘못된 자세라는 말을 듣고는

내 자신이 원망스러웠어. '고치고' 싶은 마음에 인터넷으로 목주름 제거 수술을 찾아보기도 했어. 그런데 목은 피부가 너무 얇아서 아직 힘든 것 같더라고. 기술이 더 발달하면 나중에는 손쉽게 없앨 수 있겠지? 하며 아쉬운 마음을 뒤로한 채 인터넷 창을 꺼버렸어. 이때 나는 스무 살이었지.

이제는 동안이라는 말이 더 이상 칭찬으로 들리지 않아. 목주름을 없앨 수 있는 시술이 있더라도 받고 싶은 마음도 없어. 하지만 여전히 사람들의 목에 시선이 가. 목주름을 나이테라고 한다던데 진짜일까? 아차. 지금 무슨 생각을 하는 거지? 얼른 정신 차리지 않으면 목주름이 결국 내 목을 조르고 말 거야. 이런 내가 실망스럽고 때로는 화가 나기도 해. 언제까지 이 주름의 망령에 휘둘릴 테냐! 썩 물러가라! 마늘과 십자가라도 들이밀고 싶은 심정이야.

목주름에 대해선 머리와 마음이 따로 움직이는 느낌이라 얼마 전에는 용기를 내서 친구에게 털어놓

〈도치〉

기도 했어. 내 목주름이 도드라지게 눈에 띄지 않느냐고, 너무 신경 쓰인다고. 그랬더니 "남들은 아무도 신경 안 쓰는데 네가 예민한 거야"라고 하더라. 그러게, 사람들은 전혀 관심도 없을 텐데. 의식하니까 괜히 더 크게 느껴지는 거지. 목주름이 세 줄이든 다섯 줄이든 그걸 누가 신경이나 쓰겠어. 걱정하는 나를 위해 대답해준 친구에게 고마웠지만…… 하, 그렇다고 고민이 사라지진 않더라. 정말 주름의 망령이 씐 건가?

이 모든 게 자존감이 낮아서 남들 시선을 의식하는 내 탓인가 봐. 애초에 존재하지도 않는 타인의 시선을 스스로 만들어서 셀프 고통을 주고 있는 거잖아. 이게 정서적 자기학대가 아니면 뭐람. 목주름을 신경 쓰던 순간보다 훨씬 더 형편없고 한심한 사람이 된 기분이 들어. 그런데 이게 정말 내 탓인 걸까? 오늘도 웹서핑을 하다가 '웨딩의 꽃은 목'이라는 광고 문구를 마주치고, '목주름 개선에 효과가 탁월한

넥크림' 제품이 버젓이 팔리고 있는 걸. 이런 상품들이 끊임없이 나를 불완전한 존재로 만들어. 애초에 여성의 신체를 부위별로 나누고 관리의 대상으로 바라보고 있는 건 아닐까?

동안이라 다행이야.

살이 쪄도 팔다리가 가늘어서 다행이야.

피부가 좋아서 다행이야.

발이 작아서 다행이야.

쌍꺼풀이 있어서 다행이야.

얼굴이 작으니까 다행이야.

이 수많은 '다행'은 누구를 밟고 서 있는 걸까.

(가슴 해방의 날)

요즘 출근길의 제 발걸음은 가벼워요. 반팔 아래 살갗으로 느껴지는 공기부터 다르죠. 코를 흡 들이마시면 서늘한 온도가 폐부를 떠도는 느낌이랄까? 상쾌하네요.

오늘은 브래지어를 안 한 날이에요. 그래서 조금 더 계절을 느끼고 가벼운 마음인 거 같아요. 물론 혹여라도 젖꼭지 모양이 도드라지게 티가 날까 좀 신경 쓰이긴 해요. 아직은 젖꼭지 모양이 비치는 게 민망스럽거든요. 아무리 어두운 색의 옷이라 할지라도요.

그러다 '내가 남을 왜 신경 쓰지? 남들 다 달린 가슴인데 뭐!'라는 생각에 다시 어깨를 펴요. 여성으로 살아간다는 일은 매 순간 보이지 않는 시선들과의 싸움인 거 같아요. 그래도 좋아요. 나의 신체 일부를 개의치 않고 드러낼 수 있다는 당당함을 쥐는 거 같거든요.

처음 브래지어를 한 건 초등학교 5학년 때였어요. 어릴 때 또래보다 발육이 늦어서 사춘기에도 제 가슴은 납작했죠. 남자애들은 가슴이 작은 여자애들에게 "너는 어디가 앞이냐"며 가슴팍을 손등으로 툭 툭 쳤어요. 당시에는 '내가 왜 이런 말을 들어야 하지, 나는 왜 가슴이 작을까'라며 되레 이렇게 낳아주신 모부님을 원망했어요.

친구들의 봉긋한 가슴선이 부러웠어요. 브래지어 뽕만이 결함을 감춰줄 거라는 굳은 믿음까지 생겼죠. 그렇게 엄마 손을 잡고 마트에 갔어요. 그동안 지나치기만 했던 속옷 파는 코너에 내가 드디어 입성하다니! 다양한 디자인과 크기들이 눈을 사로잡았어요. 엄마도 그런 저를 귀엽게 여기셨죠. "우리 딸, 숙녀가 다 됐네"라고 말씀하실 땐 괜히 가슴을 더 앞으로 내밀었어요.

고민 끝에 구매한 속옷은 와이어가 있고, 흰 리본과 레이스가 달린 분홍색 브래지어였어요. 점원의 조언을 무시한 채 한 치수 큰 걸로 사겠다고 고집을 부렸죠. 그래야 작은 가슴이 조금이라도 더 커 보일 테니까요. 그날 밤, 새로 산 브래지어를 착용하고 학교에 갈 생각을 하니 설렜어요. 비등비등한 또래들 사이에서 도드라져 보이고 싶은 욕망이 컸나 봐요.

다음 날 아침, 처음 착용한 브래지어는 예뻤지만 불편했어요. 갈비뼈를 옥죄는 와이어에 몸을 잘못 구부리면 찔리기도 했고, 레이스는 까슬해서 가슴 주변이 금세 울긋불긋해졌고요. 더군다나 몸보다 큰 걸 해서 속옷이 돌거나, 컵에 옷이 말려 들어가기도 했어요. 그땐 어린 마음에 그래도 예쁘게 보이려면 어쩔 수 없다고 생각했어요.

등굣길엔 일부러 허리를 빳빳이 펴고 걸었어요. 걸을 때마다 얇은 티 사이로 비치는 브래지어 선에 기분이 묘했어요. 평소보다 볼록해진 가슴에 자신감을 얻었죠. 그러나 교문을 지나, 교실로 들어서고, 수업 시간이 되었지만 제게는 아무 일도 생기지 않았어요. 가슴이 커진다고 하루아침에 갑자기 인기가 많아진다거나 고백을 받는 일은 없었죠.

사건은 방심하는 틈에 찾아온다고 하던가요. 점심시간이었어요. 급식으로 제가 좋아하는 달걀말이가 나와 기분 좋게 한 입 베어 무는데 옆 분단에 있던 한 남자애가 그러는 거예요.

"너 뽕 찼네!"

키득거리는 웃음 사이로 반 애들의 시선이 저에게 꽂혔고, 전 먹던 달걀말이를 내려놓았죠.

2010년 보건복지부가 운영하는 국가건강정보포털에 '아름다운 가슴이란'의 공식문서가 올라왔어요. 쇄골의 중심과 유두 간의 거리는 18~20센티미터, 양쪽 유두 사이의 거리는 18~22센티미터, 유륜의 직경은 4센티미터 이내, 유두의 색깔은 연한 적색이고 유두가 살짝 올라간 모양이 예쁘다네요. 이 문서는 2013년 최종 업데이트되어, 2016년 8월까지 공개되어 있었죠.

당시에도 논란이 많았던지라 지금은 삭제되었지만, 저런 기준을 만들어 문서화했다는 사실에 불쑥불쑥 화가 나요. 그들이 말하는 예쁜 가슴 모양은 누구를 위한 기준인가요? 모양부터 보이는 것까지 여자 가슴에 너무 많은 이야기가 나오는 거 아닌가요? 언제는 가려야 한다면서요. 한여름 불볕더위에도 가슴을 가리기 위해 브래지어를 착용하고, 브래지어를 가리기 위해 민소매를 입고, 그 위에 반팔을 껴입어요. 한겨울에는 따뜻하다며 정신 승리라도 할 수 있겠지만 한여름에는요? 빨가벗고 돌아다녀도 시원치 않다고요.

홀로 씩씩거리던 와중에 혼자 작당모의한 게 바로 '가슴 해방의 날'을 정하는 거였어요. 브래지어를 착용하지 않고 출근하는 거죠! 그 짜릿함! 그 해방감! 아는 사람들은 다 알겠죠? 그러나 아직은 부끄러웠기에 이날은 조용하고 은밀하게 이루어졌어요.

하루는 이상한 용기가 솟아 "언니 나 오늘은 브라 안 했다" 하고 툭 던졌어요. 당시에는 언니가 별다른 말이 없어서 '에이, 뭐야' 하고 넘겼죠. 그런데 다음 날, 언니가 "나도 오늘 브라 안 했다" 하고 씨익 웃는 거예요. 그 순간 언니에게 한 번 더 반했어요. 솔직히 제가 어디 가서 누구한테 "나 오늘 노브라다! 가슴 해방의 날에 너도 동참할래?"라고 말할 수 있을까요. 언니니까 믿고 넌지시 말을 던졌던 건데, 이렇게 함께해 줄지 누가 알았겠어요. 뿌듯함과 동시에 고마움이 물밀 듯 밀려왔어요. 역시 울 언니 최고!라는 말이 절로 나왔죠(엄지 척).

아무도 남의 가슴에 대해 궁금해하지 않는 날이 왔으면 좋겠어요. 그날까지 저의 아니, 우리의 가슴 해방의 날은 계속될 거예요.

(분노하는 태권소녀)

나 오늘 회사 점심시간에 "너는 여자다운 맛이 없다"는 이야기를 면전에서 들었어. 이게 대체 무슨 말이냐고? 잠깐 대화의 맥락을 덧붙이자면 직장 상사가 '여자아이는 태권도 학원을 다니면 안 된다'는 주장을 하였고 그 근거로 어릴 적부터 태권소녀였던 내가 거론된 거야. 그러니까 결론은 '여자애들이 태권도를 배우면 나처럼 여자다운 맛이 없어진다'는 말이었지. 애초에 태권소녀라는 말도 웃기지만. 아무튼 나는 "그쪽도 남자다운 맛 없거든요?"라는 말이 순간 목구멍까지 올라왔는데 다행히도(?) 꾹 참았어. 그리곤 묵묵히 짜장면을 먹었지. 하필이면 짜장면도 맛이 없어서 더 짜증나더라.

다시 생각해보니 "그래요?ㅎ" 하고 약간 웃었던 것 같기도 해. 상사의 발언만큼이나, 그 자리에서 꾹 참으며 기어코 웃은 나 자신에게도 화가 나. 웃지 않는 것이 내가 할 수 있는 최소한의 저항이었을텐데. 심지어 그 와중에 표정 관리를 하고 있다니. 감정을 숨기고 괜찮은 척하는 게 너무 익숙해져버린 나머지 가끔은 나도 내가 낯설어. 내 감정도 표현하지 못하는 이 얼굴은 대체 누구의 얼굴일까?

페미니즘을 만나고 해방감과 동시에 고통스럽기도 했는데 이제야 그 이유를 알 것 같아. 부당함을 인지하는 감각은 갈수록 날카로워지는데 이를 현실에서 표현하는 건 또 다른 문제잖아. 분명 머리로는 잘못된 걸 알지만 실제 행동으로 이어지진 못하는 거야. 그때마다 아무것도 하지 못하는 비겁하고 옹졸

한 내 모습만 마주하게 돼. 그 괴리감에 스스로를 비난하는 일도 잦았거든. 오늘도 상상 속의 나라면 그 자리에서 기꺼이 킬조이kill-joy를 자처했을텐데 현실의 나는 분위기를 망치고 싶지 않아서 묵묵히 짜장면만 먹고 있었잖아.

그런데 여기서 더 심각한 부분은 오히려 그 사람의 발언을 이해하려고 했다는거야. '그래, 내가 흔히 말하는 여성적인 성격이 아니긴 하지' 하고 말이야. 사회가 요구하는 '여자다움'이 어떤 모습인지 누구보다 잘 아니까. 차라리 아무것도 모르는 척 순진한 얼굴로 "여자다운 게 뭐예요?"라고 물어볼걸 그랬나. 그 상황에서 '문제'를 일으키지 않고 넘어간 스스로가 잘했다고 생각하기도 했어. 나는 그 상황을 '견딘다'고 생각했는데…….

지금 생각해보니 의문투성이야. 대체 뭘 견딘 거지? 무엇을 위해? 굳이 문제 일으키고 싶지 않아서? 애초에 뭐가 문제인데? 나는 왜 이제야 뒤늦은 분노를 토해내는 걸까. 그동안 얼마나 많은 목소리를 잃어버린 채 살았던 걸까. 오늘 밤은 이 일이 계속 머릿속을 맴돌아서 쉽게 잠들지 못할 것 같지만 그래도 너에게 털어놓으니까 좀 낫다.

PS. 잠들기 전 침대에서 스마트폰을 켜고 '분노하는 여자'라고 검색해봤더니 '별것도 아닌 일에 분노하는 여자의 심리'라는 게시물이 가장 먼저 나와서 다시 분노하고 있어. 휴우.

〔내 근육이 어때서〕

언니, '다정'도 '체력'이라는 말을 들어본 적이 있나요? 만성피로를 달고 사는 고달픈 직장인 인생, 아무리 좋은 것을 먹고 주말에 밀린 잠을 푹 자더라도 시름시름 앓아눕기 바빠요. 밤새도록 과제와 시험공부를 하더라도 다음 날이면 멀쩡한 얼굴로 왕복 5시간의 등하교를 견뎠던 저인데 말이죠. 날이 갈수록 체력이 떨어지다보니 신경이 곤두서고 사소한 것에도 화를 내기 일쑤였어요.

그렇게 체력에 빨간불이 들어왔을 때 직장 동료

〔반 다〕

가 필라테스를 제게 권했어요. 자기도 요새 하고 있는데 좋다고 하면서요. 그 말에 혹해 퇴근 후 바로 집 근처에 있는 필라테스 센터부터 알아보았어요. 다이어트의 목적도 스리슬쩍 끼워 넣긴 했지만, 체력 기르기와 틀어진 몸의 균형을 바로잡는 것에 초점을 두기로 했죠.

필라테스를 시작하려면 제일 먼저 뭘 해야 하지? 예쁜 전단지 모델들처럼 배꼽이 살짝 보이는 탑을 사야 하나? 이런 생각을 하니 급격히 거부감이 들기 시작했어요. 순간 떠오르는 건 종종 길거리에서 받는 전단지 속 여성 모델들의 날씬한 S자 몸매였어요. 한 줌 허리가 드러난 짧은 탑과 종아리 알 하나 없이 매끈하고 얇은 다리를 감싼 레깅스를 입은 여성 말이에요. 거기에 자신만만한 밝은 미소까지, 완벽한 그림 같은 모습이죠.

우리 사회가 여성에게 요구하는 '자기 관리'가 잘 된 몸은 하나뿐인 것 같아요. 여성에게 있어 운동이란 근력 증량이나 체력 향상이 주된 목적이 아닌 거죠. 미용 몸무게에 맞춰 마름에 가까운 날씬한 몸이야말로 진정한 자기 관리라 보는 시선이 너무나도 야속해요. 다양한 체형과 몸의 문제들을 무시한 채 모두에게 통용되는 완벽한 몸매라는 건 애초에 존재하지 않는데 말이에요. 그냥 전 제 몸을 조금 더 바로잡고 아끼고 싶었을 뿐이었는데. 그것보단 사회적 미의 기준을 향해 가는 기분이 들었어요.

그 무렵에 이진송 작가님의 책『오늘은 운동하러 가야 하는데』(다산책방)를 읽게 되었어요. 예전부터 작가님의 재치 있는 글을 좋아했는데, 심지어 다양한 운동 경험을 다룬 책이라니! 구매를 안 할 수가 없었죠.

책은 한 장 한 장 넘기는 게 아까울 정도로 유쾌했어요. 복싱, 요가, 수영, 필라테스 등 다양한 경험담에서 우러나오는 작가님의 솔직한 감상을 만나볼 수 있었죠. 그중에 가장 와닿았던 건 이 문장이었

(반다)

어요.

많은 운동이 남자의 몸은 '키우고' 여자의 몸은 '줄이는' 데 치중한다는 사실은 쉽게 좁혀지지 않는 성별의 격차다.

같은 운동을 해도 여성과 남성에게 돌아오는 시선은 다른 거 같아요. 여성이 운동한다고 하면 대부분 "살 빼려고? 너 다이어트 해?"라고 하잖아요. 남성이 운동한다고 하면 "멋있다"라고 하면서……. 쳇.

그렇게 며칠 동안 필라테스 후기와 효과를 검색했어요. 의외로 제 생각과는 달리 많은 여성이 '몸매 가꾸기'에 초점을 두기보다는 '회복된 자신의 몸'에 관해 이야기했어요. 저도 그제야 용기가 좀 나더라고요. 있는 그대로의 모습을 사랑하기 위해, 더 나은 체력을 위해 운동하는 여성들이 점점 늘어나고 있구나 싶었죠.

이런 여성들 덕분에 저도 필라테스에 등록했어요. 지금까지도 열심히 다니고 있긴 하지만, 여전히 제 몸은 겨울날 멸치 육수에 푹 우려진 어묵과 같아요. 정말이지 자기 몸과 친해지는 과정은 어려운 거 같아요. 뚝딱이는 제 몸을 마주하면서, 운동하는 내내 계속 이렇게 되뇌어요. 천천히 나를 알아가는 과정이라고 말이죠. 나도 조금씩 변하고 있겠지? 라는 기대도 품어보고요.

그럼에도 불구하고 불쑥불쑥 드는 생각들에 마음도 흐물, 몸도 흐물. 어떤 생각이냐고요? 동작을 잘 따라하다가도 종아리에 알이 생기면 어떡하지, 허벅지가 두꺼워지면 어떡하지, 어깨가 더 넓어지면 어떡하지…… 뭐 그런 생각이요.

그 와중에 거울 속 저와 눈이 마주쳐요. 정돈된 직각 어깨선과 팔뚝 위로 살짝 올라붙은 근육이 보이네요. 이제 운동한 지 3년 차인데요. 좀 많이 바뀐 거 같기도 하고 그렇네요? 꾹 힘을 주니 앞쪽 허벅지

〈반다〉

가 딱딱하게 굳는 게 눈으로도 보여요. 아, 앞에 했던 말은 취소예요. 제 근육 멋있네요.

PS. 언니에게도 운동이 절실히 필요해요! 잔소리 아닌 거 아시죠? 전 그냥 같이 운동하고 건강해져서 언니랑 오래오래 친구하고 싶다고요!

.

혹시 오늘 기사 봤어? 코로나19 변이 바이러스가 또 발견됐대. 팬데믹 상황이 대체 얼마나 더 이어질까, 기약 없는 고통에 너무 지친다. 새해가 시작될 때면 달력에서 공휴일부터 찾고, 어떻게 연차를 써야 하루라도 더 여행을 갈 수 있을지 고민하는 재미가 있었는데. 지금은 간단한 외출조차 조심스러운 상황이니 여행이 웬 말이야.

일상의 탈출구로 여행을 찾던 사람들은 어떻게 지내고 있을까? 언제쯤 다시 자유롭게 여행을 갈 수 있을까? 낯선 여행지에서 내 눈빛이 얼마나 초롱초롱 빛났는지는 사진만이 기억하고 있겠지. 초췌한 몰골로 활짝 웃고 있는 사진 속 내 모습이 참 행복해 보여. 어디 갔을 때냐고? 사진의 배경은 바로 인도야.

인도 여행을 선택한 특별한 이유는 없어. 마침 넉넉한 시간과 최소한의 여행경비가 있었을 뿐이었지. 모자를 푹 눌러쓰고 거리를 걷다가 상점 유리창에 비친 내 모습을 보는 순간 '아, 여행을 가야겠다' 생각했고 그 길로 당장 비행기 표부터 끊었어. 그래서 대체 왜 인도냐고 재차 묻는다면? 대답해드리는 게 인지상정! 인도는 워낙 다채로운 매력이 있는 여행지라는 말을 자주 들었고 그게 나에겐 흥미롭게 다가왔어. 한마디로 가보고 싶었어. 정말 특별한 이유 없이 이게 다여서 말하기도 머쓱하다.

혼자 여행을 한다는 건, 온전히 내가 선택하고 내가 책임져야 하는 순간의 연속이야. 그곳이 한 치 앞도 예측할 수 없는 곳이라면 더더욱 그렇지. 인도가 배낭여행의 끝판왕이라는 말은 결코 과장이 아니었어.

공항에 도착하는 순간부터 '서바이벌 인도에서 살아남기'가 시작돼. 이럴 땐 마치 고향에 돌아온 사람처럼 태연하고 당당하게! 무엇보다 재빠르게! 공항을 벗어나야 해. 공항에서 파하르간지(여행자들의 거리라고 불려)로 향하는 택시에서도 긴장의 끈을 놓아선 안돼. 미리 예약한 숙소의 주소를 보여주면 택시 기사는 그 지역이 봉쇄되었다거나, 해당 숙소가 문을 닫았다며 다른 곳으로 데려가기도 하거든. 한국에서라면 코웃음 쳤을 사기 수법도 낯선 곳에선 말이 달라지잖아. 기상천외한 방식으로 인도에 갓 도착한 여행자들의 혼을 쏙 빼놓는 이야기를 하도 많이 들어서 나도 정신을 바짝 차리고 있었지. 이곳에서 나를 지킬 사람은 나뿐이니까.

나는 다가오는 모든 사람들을 힘껏 경계한 채 새벽 3시에 겨우 숙소에 도착했어. 아, 이제 좀 쉴 수 있

(도치)

으려나. 그럴리가. 이름만 호텔인 호텔 측에선 예약
이 안 되어 있다고 하는 거야. 나는 짧은 영어로 "예
약했어"만 반복하고, 호텔 직원은 "네 이름 없어"를
되풀이하는 시트콤의 한 장면이 펼쳐졌지. 한참 실
랑이 끝에 우선 1박 요금을 결제하고, 오전에 다른
직원에게 다시 확인해보기로 했어. 만약 예약이 확
인될 경우, 지금 지불한 1박 비용은 다시 돌려주기로
하고 말이야. 나는 혹시나 하는 마음에 그 내용을 종
이에 적어 달라고 요구했지만 들어줄 리가 없었지.

　이건 시작에 불과해. 아, 너무 걱정스러운 이야
기만 했나? 너무 걱정마! 인간은 적응의 동물이라고
하잖아. 모든 사람을 경계하던 나도 차차 인도에 적
응해갔어(물론 이렇게 긴장이 풀릴 때 더 조심해야 해).
흥정 기술을 익히고, 때로는 알면서도 적당히 바가
지를 쓰고, 24시간을 기차에서 보내기도 했어. 한국
에선 쭈볏거리며 옷 구경도 제대로 못하는 내가, 인
도 한복판에서 릭샤(자전거를 개조한 교통수단)를 타

려고 릭샤왈라와 실랑이를 벌이는 모습이라니. 상상이 가?

물갈이로 설사를 하느라 밤새도록 화장실 변기를 부여잡고 있던 어느 날은 스마트폰에 '이 와중에 걱정은커녕 웃음만 난다. 미쳤나 봐'라는 메모를 남기기도 했어. 낯선 환경에서 고생이란 고생은 다하고 있으면서도 이토록 열심히 적응하고 있는 내가 웃기고 기특한 거야. 한편으로는 그래서 여행이 좋은 것 같아. 낯선 환경에서 발견하는 또 다른 내 모습이 은근히 맘에 들거든.

아! 참, 인도에서 만난 한국인 여행자들도 기억에 남아. 특히 혼자 여행 온 여자들을 만나면 참 반갑더라. '여자 혼자 인도 여행'이 여덟 글자에 어떤 시선이 쏟아지는지 누구보다 잘 아니까.

단기 알바로 여행 경비를 모아서 인도에서 몇 달씩 머물길 반복하는 언니, 자기 몸보다 더 큰 짐을 짊어지고 세계일주를 하던 동생도 만났어. 삭발을 하고 온 내 또래의 여행자는 티베트 승려들과 나눈 대화를 들려주었고, 인도 전통 복장인 사리를 입고 여행하던 50대 언니는 한국에 돌아가 인도에서 느낀 생각들을 엮어 시집을 낼 거라고 했어(이후 그 언니는 바라나시의 갠지스강 화장터를 보며 쓴 시들을 모아 시집 『푸른 화형식』(시산맥사)을 내셨어).

난 운 좋게 좋은 사람들을 많이 만났지만 그렇다고 해서 혼자 가는 인도 여행을 쉽게 추천하는 건 아니야. 내가 무사히 다녀왔다고 해서 모든 사람에게 안전하다고 할 순 없으니까. 다만 지나친 걱정으로 움츠러들진 않았으면 좋겠어. 결국 본인이 가고 싶은 여행지가 제일 좋은 여행지 아닐까? 다른 나라에서 여행 경험을 충분히 쌓고 나서 인도에 갈 수도 있는 거고. 나도 아프리카에서 고생한 경험이 인도에서 도움이 될 줄은 몰랐거든. 에티오피아에서 레게 머리하고 돌아다닌 이야기는 만나서 들려줄게! 이 것도 진짜 흥미진진해!

(장래 희망은 현모양처)

　어제 잠자리에 누웠는데 문득 언니의 꿈은 뭐였을까 궁금하더라고요. 저는 늘 입버릇처럼 언니를 국회로 보내야 한다고 이야기했잖아요. 그때마다 언니가 짓던 의기양양한 표정이 참 좋았는데. 그래서 묻고 싶어요. 언니의 어릴 적 꿈은 뭐였어요? 저는 현모양처였어요. 웃기죠. 지금은 어설프지만, 비혼을 꿈꾸는 저인데 말이에요.

　어릴 땐 학교에서 돌아오면 언제나 집 안의 적막과 고요함만이 저를 맞이해줬어요. 어려서 그랬는지는 몰라도 혼자 있는 건 결코 익숙해지지가 않았죠. 언제나 낯설고 무서웠어요. 맞벌이었던 모부님은 저녁 먹을 때쯤 혹은 더 늦게 귀가하셨어요. 텅 빈 집이 허전하고 싫어서 저는 매번 가방을 내려놓고 친구들이 모인 놀이터로 달려갔어요. 한참을 어울려 놀다가 저녁 때가 되면 친구들은 가족들의 손에 이끌려 하나둘 사라졌죠. 그때의 기분을 뭐라고 설명해야 할까요? 마지막까지 남은 사람이 제가 되고 싶진 않았는데. 모든 친구들이 자기 집으로 가면 그제야 발을 떼 집으로 돌아갔어요.

가족의 품을 그리워하면서도 막상 함께하는 자리에선 늘 긴장 상태였어요. 엄마, 아빠 두 분은 자주 싸우셨고 집은 제게 그리 안전한 공간이 되지 못했거든요. 그럴수록 제가 꾸릴 가정에서 안정감과 소속감을 느끼고 싶었고 그렇게 제 꿈은 현모양처가 되었어요.

그러나 제 장래 희망과는 달리 초등학생 땐 또래

남자애들과 툭하면 싸웠어요. 남자애들의 짓궂은 장난을 웃으며 넘기지 못했거든요. 남자애들은 "무슨 여자애가 저래", "쟤를 누가 데려가냐"라며 떠들었어요. 그런 말이 차츰차츰 어린 제 안에 쌓였죠. 때로는 인기가 많던 친구를 부러워하기도 했어요. 피부가 희고, 피아노를 치고, 남자애들의 장난에도 여유있게 웃어넘기던 그 애를요. 하지만 나와는 다른 아이를 동경하면서까지 지키던 현모양처라는 그 꿈이 와그작 구겨지는 순간이 있었어요. 지금 와서 생각해보면 다행인지도 몰라요(웃음).

하루는 이런 일이 있었어요. 남자아이가 자신의 앞에 앉은 여자애의 등을 빤히 쳐다보다가 자기네들끼리 속닥였어요. 여자애 등에 벌레라도 붙었나 싶어서 저도 유심히 바라보았어요. 보이는 건 빳빳하게 잘 다려진 셔츠뿐이었죠. 고개를 갸웃거리기도 잠시, 남자애가 셔츠 쪽으로 손을 뻗더니 브래지어 끈을 확 잡아당겼어요. 여자애는 당혹스러움과 불쾌감, 창피함에 얼굴이 붉어졌어요. 아랫입술을 꾹 감쳐물고 부끄러움에 고개를 숙이는 친구를 바라보니 눈앞이 뜨거워졌죠. 저는 그대로 그 남자애에게로 걸어가 등짝을 짝! 소리 나게 때렸어요. 그 뒤로는 진흙탕 싸움이었죠.

저와 그 남자애는 교무실로 불려갔고, 저희 할머니가 소환되었어요. 골치 아프다는 표정을 한 선생님과 난처한 기색의 할머니 앞에서 저는 입술을 앙다물었어요. 남자애들은 태연한 얼굴로 "장난이야"라고 말했죠. 어른들은 거기에 한술 더 떠 "다 좋아해서 그런 거야"라는 말로 장난이라는 핑계에 힘을 실어주었어요. 장난이란 단어도 불쾌한데 거기에 애정을 빌미로 갖다 붙인다니요.

늘 제 편이 되어주던 할머니마저도 집으로 돌아가는 길에 "그 나이대 남자애들은 다 그래"라고 하셨어요. 이후로 저는 더 쌈닭같이 굴었어요. '장난'도 '애정'도 아니라는 걸 증명하고 싶었거든요. 저보다 아무리 키가 크고 덩치가 있어도 그런 장난을 치는 아이라면 지고 싶지 않았어요. 조폭 마누라란 별명은 훈장이나 마찬가지였죠. 가끔 싸워서 지는 날에는 맞은 부위도 부위지만 분해서 눈물이 났어요. 그땐 그런 용감함이 어디서 나왔는지 모르겠어요. 그냥 불쾌하다는 감정을 속이지 않았던 거 같아요.

그렇게 현모양처가 꿈이던 소녀는 페미니스트로 자라났어요. 저는 더 이상 남에게 잘 보이기 위해서 노력하거나 애쓰지 않을 거예요. 결국 집, 가정이라는 건 내가 사는 곳이잖아요. 나를 먹이고, 입히고, 아끼는 일에 소홀해지지 않기 위해 정신을 바짝 차려요. 어릴 적 장래 희망이 사라진 자리에 새로운 꿈이 들어섰어요. 누군가의 아내나 엄마가 아닌 오롯이 나로 살아가고 싶어요. 언니, 전 계속해서 제 이름을 잃지 않기 위해 노력할 거예요.

(반다)

(언니 예찬)

"30대가 되는 게 두려워요."

언젠가 나의 이런 고민을 30대인 언니들에게 털어놓은 적이 있어. 그때 언니들의 답이 뭐였는지 알아? "30대인 지금이 더 좋아!"였어. 심지어 40대가 기다려진다나? 참 나. 어떻게 그런 거짓말을 할 수 있지? 현실을 부정하는 거라고 여겼어(언니들, 미안해요). 당시엔 저런 말이 전혀 귀에 들어오지 않았거든.

그런데 신기하게도 내가 30대가 되니 알겠더라.

언니들 말이 맞았어!

나는 여전히 그 언니들과 잘 지내고 있어. 되게 멋있는 언니들이야. 음, 가볍게 소개를 하자면 종교학을 전공한 언니는 서른다섯에 코딩을 배워서 지금은 프로그래밍 개발자로 바쁜 나날을 보내고 있고, 목수가 꿈이던 언니는 건설 현장에서 일하며 다음 꿈을 향해 대학원을 준비하고 있어. 백수인줄 알았던 언니는 작곡이 취미였는데 이제는 음악차트 플랫폼에 등장하는 아티스트가 되었고, 술자리에서도 아랍어를 외우던 언니는 중동지역 전문가로 거듭나는 중이야.

이렇게 묵묵히 자기 길을 가는 언니들을 보며 알게 모르게 많이 배워. 삶의 모습이 사람마다 다르다는 걸 느끼면서 나의 삶에 더더욱 애정을 가지게 되기도 하고 말이야. 언젠가 너에게도 꼭 소개시켜주고 싶다. 멋진 언니들이 있다는 건 정말 든든한 일이거든.

(도희)

최근에 페미니즘 독서모임에 다녀왔어. 나는 멤버들이 당연히(?) 내 또래일 거라고 생각했지. 그런데 웬걸? 내가 태어나기도 전부터 여성주의 활동을 하던 언니들이 계셨어. 그날 책이 제시카 발렌티의 『처음 만나는 페미니즘』(교양인)이었는데도 말이야.

기성 페미니스트들과 젊은 페미니스트들이 서로의 존재를 열렬히 갈망하는 데도 불구하고 그 중간 다리 역할이 없어서 아쉽다는 부분에서 함께 고개를 주억거렸지. 그때 내가 "선배님들 이제 젊은 애들한테 자리 넘기셔야 하는 거 아니예요?"라고 했더니 그냥 내려놓을 수는 없다는 거야. 기존의 문제점을 개선하며 나아가야지 세대만 바뀌는 건 의미가 없다고 말이야.

언니들은 원래 이렇게 다 멋있는 거야?

자기가 걸어온 길보다 더 나은 길을 알려주고 싶어 하는 언니들의 그 마음만으로도 얼마나 든든한지 몰라. 그리고 무엇보다 나는 언니들이 해주는 이야기가 참 좋아. 별거 아니라는 듯 툭, 알려준 삶의 조언들이 어느샌가 나를 지켜주고 있더라. 어쩌면 언니가 생긴다는 건 믿는 구석이 생긴다는 뜻인가 봐. 나도 내 뒤에 올 여자들에게 저런 이야기를 해줄 수 있을까? 누군가에게 멋진 언니가 될 수 있을까? 그랬으면 좋겠다. 진짜!

〈도치〉

(그대 이름은 할머니)

언니의 언니들 이야기를 듣고 나니 전 왜 우리 할머니 생각이 날까요? 그래서 오늘은 우리 할머니 이야길 할까 해요. 제가 아니라면 어디서라도 기록되지 않을 그 이야길 말이죠.

1944년에 태어난 저희 할머니는 고생을 참 많이 하셨어요. 어릴 때 학교도 가지 못하고 비가 오나 눈이 오나 밭일을 하셨대요. 남동생들은 모두 학교를 다녔는데 말이죠. "자식 셋 다 가르칠 형편이 아니다"라는 모부님의 말은 평생 할머니의 마음에 깊은 생채기를 남겼어요. 형편이 어려운 건 사실이었지만 그 말 뒤에 숨어 있는, 여자는 학교에 가지 못한다는 사실을 알고 있었으니까요.

그러나 할머니의 배움에 대한 갈망은 사그라지지 않았어요. 밭일을 마치곤 학교로 달려가 복도에서서 수업을 들으셨대요. 책을 펼칠 책상도, 앉을 의자도 없었지만 창문 너머로 듣는 수업이 마냥 즐거웠다고 하셨어요. 결국 할머니는 열두 살이라는 나이에 초등학교 1학년으로 입학했어요.

자신의 책상과 의자가 생겼을 때의 심정은 이루 말할 수 없이 벅찼겠죠. 가슴안에서 풍선이 마구 부풀어 오르는 느낌이셨대요. 처음 한글을 배우고 온 날은 가나다를 수십 번 덧그리며 쓰셨고, 자신의 이름을 처음 쓴 날은 엉엉 우셨대요. 오전에는 밭일을 하고 오후에나 겨우 듣는 수업이었지만 그 시간이 할머니에게는 오롯이 자기 자신답게 살아가는 시간이었을 테지요. 밭일이 바빠지는 시기면 그마저도 허락되지 않았지만요. 그렇게 돌고 돌아 할머니의 자리는 부엌과 밭이 되었어요. 집 밖으로는 벗어날 수 없는 삶이었죠. 물론, 당시의 여성에게 결혼 외의 선택지를 가지는 건 너무너무 힘든 일이었을 거예요. 어릴 땐 집안일을 배우고, 일정 나이가 되면 떠밀리듯 결혼을 하고 임신을 해서 애를 키우는 게 정답인 삶이었으니까요.

할머니 역시 그렇게 결혼을 하셨고, 딸 넷을 낳으셨죠. 남아선호사상이 짙은 시대에 딸만 넷을 낳으신 할머니는 죄인인 기분으로 사셨대요. 막내 이모가 태어났을 땐 필요 없는 딸만 낳았다고 할아버지의 타박을 들으셔야 했고요. 가뜩이나 없는 살림에 입만 늘었다며 혀를 차던 게 아직도 기억이 난다고 하셨죠.

그런 소리를 들으며 출산 후 몸이 회복되기도 전에 일을 나가셨어요. 물론 그렇게 한들 할머니를 인정해주는 사람은 없었어요. 되려 돈을 벌어오지 않는 할아버지 때문에 할머니는 하루도 빠짐없이 일해야 했어요. 그때 고생한 흔적은 지금까지도 고스란히 할머니 몸에 남아 있어요. 가끔 할머니 등을 밀어드릴 때마다 보이는 수술 자국들이 그런 희생의 잔재라고 느껴져요. 마른 등 위로 툭툭 불거진 자국들을 매만지다 따뜻한 물을 끼얹었어요. 모든 아픔도 슬픔도 과거도 씻겨 내려가길 바라는 마음으로요.

그렇게 살아오신 할머니의 삶을 실감할 때가 또 있어요. 가끔 할머니와 TV를 같이 보다 보면 깜짝 놀랄 때가 한두 번이 아니에요. 드라마 속 시어머니들은 "넌 어떤 집안에서 자랐길래 요리 하나도 제대로 할 줄 모르냐"부터 "남편은 바깥에서 힘들게 돈 벌어오는데 너는 집에서 편히 놀면서 집안일이라도 잘해야지 집안 꼴이 이게 뭐냐"까지 온갖 막장 대사를 쏟아내요. 드라마를 보다가 결국 제가 참지 못하고 한마디 해요.

"요즘 시대에 저런 대사 내보내면 큰일 나는데,

저러니까 젊은 사람들이 결혼 안 한다고 하는 거지."

그럼 할머니도 옆에서 한마디 거듭니다.

"아니, 그래도 아이는 엄마가 키워야지. 그리고 저거는 여자가 좀 이기적인 거야."

아무리 사랑하는 할머니라도 이런 말은 제 마음에 스크래치를 남깁니다. 내가 저 상황에 놓이면 나에게도 그렇게 말할 거냐고 따지고 싶은 걸 꾹 참아요. 결국 그 자리를 떠나 조용히 방으로 도망칩니다.

때로는 할머니의 유일한 낙이 드라마인데, 그냥 나도 혀 한 번 깨물고 맞장구를 칠까 싶은 마음도 들어요. 그러나 누군가에게는 드라마가 아닌 현실이잖아요. 그러니 어떻게 제가 웃으면서 그 장면을 볼 수 있겠어요. 엎힌 듯한 기분으로 누워 있으려니 슬그머니 방문이 열립니다. "똥강아지 나와서 밥이나 먹어."

할머니의 부름에 부엌으로 가긴 했지만 미처 감정을 다스리지 못한 채 수저를 듭니다. 기계적으로

밥과 국을 번갈아 삼켜내요.

"아까는 내가 미안하다. 잘 몰라서 그랬어. 나는 네가 하고 싶은 거 다하면서 살았으면 좋겠다."

할머니의 말에 크게 한 숟가락 욱여넣었던 밥이 명치에 얹히는 기분이 들었어요. 맞아요, 언니. 우리 할머니는 저의 믿는 구석이었는데 바보같이 그걸 잊고 있었네요.

"설거지는 내가 할게."

이번엔 제가 무심한 톤으로 말을 건네요. 그릇들을 한데 모아 음식 찌꺼기를 닦아내며 생각합니다. 한 걸음에 50년이란 세월을 홀쩍 뛰어넘을 순 없겠다고요. 사랑하는 만큼 미울 테고, 미운 만큼 사랑해서 어쩔 줄 모르는 시간은 수도 없이 많겠죠. 서로를

(반 다)

이해하지 못해 일방적으로 상처를 입히는 순간도 찾아올 거예요. 하지만 금방 또 극복하겠죠? 우리는 끊임없이 부딪히고 감응하며 지난한 시간을 이겨나갈 거예요. 그렇게 할머니와 저는 서로의 믿는 구석이 되어줄 거예요.

(흑역사는 솜사탕을 타고)

"머리 잘랐네?"

얼마 전 모임에 솜사탕 언니가 갑자기 삭발을 하고 나타났어. 그런데 다들 아무것도 묻지 않더라. 안 궁금한가? 왜 잘랐는지, 무슨 계기가 있었는지, 주변 반응은 어떤지 말이야. 나는 왜 저런 것들이 궁금했을까? 삭발한 여성에게 어떤 시선이 쏟아지는지 알기 때문이려나? 아무도 이야기를 꺼내지 않자 결국 궁금증을 참지 못한 내가 물었어.

"주변에서 뭐라고 안 그래요?"

호기심이라는 핑계로 사회가 답습하는 질문을 되풀이하고 말았던 거야.

사실 이전에도 솜사탕 언니에게 부끄러운 질문을 한 적이 있어. 나의 또 다른 흑역사지. 초반에 서로에 대해 조금씩 알아가다가 언니가 페미니즘 활동가라는 걸 알게 됐어. 나는 그 이야기를 듣자마자 "그런데 페미니즘이 돈이 된다면서요?"라고 물었지. 인터넷에서 떠도는 일부 사람들의 주장이 사실인지 알고 싶었거든.

그때 언니의 답변이 아직도 생생하게 기억나. 언니는 불쾌해하기는커녕 오히려 웃으면서 대답해줬어. 최소한 본인에겐 돈이 안 된다고. 그리고 무엇보다 페미니즘이 돈이 된다는 건 여성이 경제 권력을 쥐게 됐다는 걸 의미한다고 말이야. 욕심내자면, 페미니즘을 통해 자본주의에 대한 비판까지 나아가고 싶다고 했어. 언니의 대답을 듣고 갑자기 부끄러워진 나는 얼른 대화 주제를 돌렸어. 그제야 정신이 번쩍 들었던 거야.

그리고 며칠이 지났는데도 그 일이 자꾸만 마음에 걸리더라. 그래서 용기를 내서 문자 메시지를 보냈지. 지난번 술자리에서 무례하게 굴어서 죄송했다고 말이야. 그런데 언니는 오히려 나에게 되물었어.

뭐가 무례했는데요? 왜 사과하세요?

그러게? 직관적으로 대답하자면 내 마음이 불편해서? 근데 왜 불편했지? 뭐가 무례한 거지? 한국인들이 예민해하는 돈 이야기를 꺼내서? 페미니즘에 자본주의를 들먹여서? 인터넷에 떠도는 이야기를 생각 없이 읊어서? 사실은 저 질문이 악의적이라는 걸 나도 알고 있었던 거 아닐까?

셀 수 없이 많은 흑역사가 있지만 난 이 일이 유

난히 기억에 남아. 그동안 나는 내가 나름 불합리한 사회 인식과 문화들에 저항하며 살고 있다고 생각했거든. 그런데 어쩌면 객관적인 척, 이성적인 척, 중립적인 척 그럴싸한 말들을 내뱉는 내 모습에 취해 있었을지도 모른단 생각이 들더라. 애초에 기울어진 운동장에서 바라보고 있다는 건 외면한 채 말이야.

나는 '흑역사'를 흑역사로만 치부하고 싶지 않아. 여전히 실수하고 미끄러지길 반복하지만 미끄러지는 게 두려워서 피해버리진 않을래. 모르면 물어보고, 배우고, 상대의 의견에 귀 기울여 들으려는 마음만 있다면 우리는 얼마든지 더 나아갈 수 있을 테니까.

PS. 아, 그리고 네가 나와 함께 갔던 식당에 종종 할머니를 모시고 다시 방문한다고 했었잖아. 비록 할머니 입맛에는 안 맞겠지만 같이 파스타를 먹고 스티커사진을 찍는 모습이 참 애틋하다고 생각했어. 누구도 관심 갖지 않았던 할머니의 삶을 네가 이렇

게 애정어린 눈길로 바라보고 있었구나 싶어. 내리
사랑은 있어도 치사랑은 없다는데 너와 할머니는
서로가 서로에게 찐사랑인 것 같아.

(도치)

(아무튼, 언니)

언니! 저는 요즘 우리가 나누는 이 편지에 대해서 생각이 많아졌어요. 깜박이는 흰 커서가 빈 화면이 아닌 제 가슴을 콕콕 찌르는 것 같아요. 우리의 편지가 책이 될지도 모른다는 소식에 기쁨도 잠시, 지금은 좀 걱정이 되네요. 누구나 그렇듯이 저도 이번 생은 처음이라 '내가 이걸 해도 될까?'라는 두려움이 몰려와서 숨고만 싶어져요.

그래서 이번 편지는 조금 늦었어요. 이번 주는 아무것도 하지 않고 책만 봤거든요. 원도 작가님의 『아무튼, 언니』(제철소), 언니가 처음 준 선물이죠. 저는 이 책만 집어 들면 불안이 가라앉고 웃음이 나요. 언니는 아이디어가 톡톡 튀는 사람이라 예기치 못한 방식으로 저에게 웃음을 주곤 하잖아요. 숨고 싶었던 마음 위로 웃음이 샘솟는 달까?

기억나요? 언니가 이 책을 줬던 날! 그날 언니는 제게 예쁘게 포장된 선물 하나를 줬잖아요. 전 그게 뭔지도 모르고 그저 기쁜 마음으로 집에 가서 선물을 뜯었는데…… 아이패드 상자가 나왔죠. 언니가 통이 큰 건 알았지만 이렇게 큰 선물을 주다니? 당시 제겐 너무나 부담스럽고 당혹스러운 선물이어서 그 뒤론 포장을 마저 뜯어보지도 못했어요. 그저 돌려줘야겠다는 생각만 가득했죠. 반만 풀어진 선물을 그대로 책상 위에 두었는데 다음 날 보니 상자가 안 보이는 거예요.

알고 보니 할머니가 과자인 줄 알고 냉장고에 둔 거 있죠! (세상에나!) 할머니에게 역정을 내고 냉장고에서 상자를 꺼냈어요. 전자기기를 냉장고에 넣어 둬도 되나? 고장난 건 아닌가 싶어서 걱정스런 마음으로 상자를 열었죠. 그런데 거기에는 책 한 권이 덜렁 놓여 있었어요. 안도감과 놀라움이 뒤섞여 어안이 벙벙하기도 잠시, 진짜 크게 웃었어요. 뭐 이런 사람이 다 있지? 감탄하면서요. 그리고 그 책은 제 책상 한편을 차지하며 종종 저를 웃게 했어요.

풀벌레도 고요히 잠든 새벽, 나 홀로 찬찬히 책속을 탐험해요. 그렇게 저자가 구축한 세계와 촘촘히 짜인 관계도를 살펴보며 읽어 내려가요. 그중에서도 매사 계획을 중요시 여기던 저자와 무계획이 계획인 시벨 언니가 함께 여행을 떠나는 에피소드가 가장 재밌었어요. 시벨 언니의 조언에 따라 저자는 계획에 대한 집착을 내려놓은 채 훌쩍 떠나요. 유심조차 신청하지 않아 후쿠오카 공항에서 먹통인 스마트폰을 들고 시벨 언니를 기다릴 수밖에 없었어요. 그러다 점차 여유가 생겨 결국에는 웃는 얼굴로 시벨 언니를 맞이할 수 있었죠. 둘의 여행은 크게 특별할 게 없었어요. 그저 함께 정처 없이 걷고 먹고 마시며 웃고 떠드는 게 전부였죠.

그 페이지를 읽으며 이상하게도 눈물이 났어요. '함께'란 단어는 참 이상해요. 철저히 혼자인 게 익숙한 사람 둘이 모여 비슷한 온도로 물들어가죠.

내년 이맘때쯤엔 언니와 발리로 떠나고 싶어요. 왜 발리야? 라고 물으면 언니가 인도에 갔을 때처럼 대답할래요. 특별한 이유는 없다고. 실은 발리가 아니어도 상관없어요. 언니와 함께하는 게 저희 여행의 유일한 계획이자 목적일 테니까요. 떠나기 한 달 전부터 우리는 마음에 드는 숙소를 고르고, 비행기 티켓을 끊고, 맛집도 잔뜩 찾아보겠죠? 긴 비행이라 언니는 더 힘겨워하겠죠? 그러면 부산행 비행기 안에서처럼 제가 언니 손을 꼭 잡아줄게요. 막상 도착하면 언니가 제 손을 꼭 잡아 줄 거 같지만 말이에요. 길을 헤매다가 늦은 저녁을 먹고, 숙소에 도착해

〈반 다〉

선 누가 먼저랄 것도 없이 눅진한 몸을 침대 위로 던질 거예요. 가만히 누워 천장을 바라보며 별일도 아닌 일을 마치 별거라는 듯 이야기하며 실컷 웃었으면 좋겠어요.

세상에는 감출 수 없는 게 재채기랑 사랑이라는데 전 거기에 하나를 더하고 싶어요. 바로 눈물이에요. 언니를 알고 지내면서 눈물을 참을 수 없게 되었거든요. 저는 언니가 써준 편지를 읽으면 눈물부터 삐질삐질 새어 나와요. 그러면 언니는 모르는 척하지 않고 코끝을 찡긋거리다가 이리와, 하면서 꼬옥 안아줘요.

앞선 편지에서 언니는 말했죠. '누군가에게 멋진 언니가 될 수 있을까'라고요. 언니는 정말 바보예요. 그런 고민을 왜 하나요? 이미 언니는 제게 멋진 어른인걸요.

곧 그날이라 기분이 안 좋은 건지, 다른 이유로 기분이 안 좋은데 내가 호르몬 핑계를 대는 건지… 가끔은 그런 생각이 들어ㅋㅋㅋㅠㅠ

언니 오늘 기분 별로군요. 호르몬 때문이든 뭐든 간에 기분이 안 좋을 수도 있죠. 나는 시도 때도 없이 기분이 오르락내리락하는걸요!

진짜 신기하다ㅋㅋㅋ 왜 기분이 안 좋은지부터 물어봐야 하는 거 아니야?

아? 진짜 그러네요? ㅋㅋㅋ

3.

우리는 ── (잘 먹고 잘 살 거예요)

(동일피드, 동일규정)

혹시 넌 '동일노동, 동일임금'이라는 말을 들어봤니? 나는 여기에 하나 더 추가하고 싶어.

동일피드! 동일규정! 준수하라! 준수하라!!

이번 편지에선 내가 감정이 좀 격해지더라도 이해해줘. 이건 정말 자다가도 벌떡 일어날 만큼 화나는 일이거든. 그러니까 사건의 경위는 이래.

[1] 사건 발생 24시간 전

"남자는 원래 그래", "남자는 애 아니면 개"라는 말로

남성들의 미성숙한 행동을 여성들이 일방적으로 이해해주길 바라지 말라.

최지미 작가님의 『더 이상 웃어주지 않기로 했다』(카시오페아)라는 책에 나오는 문장을 발췌하여 게시물을 올렸어.

[2] 사건 발생 12시간 전

이 게시물이 '혐오발언'이라는 이유로 삭제된 거야. 남자는 '애 아니면 개'라는 말이 문제였을까? 하고 싶은 말이 많지만, 아직 진짜 사건은 발생하지 않았으니까 일단 넘어가자.

[3] 사건 발생 1시간 전

인스타그램을 둘러보다가 여성의 성기에 손가락을 넣은 모습이 담긴 웹툰 게시물을 발견하곤 바로 신고 버튼을 눌렀어. 그런데 커뮤니티 규정을 위반하지 않았다는 회신이 돌아오더라.

[4] 사건 발생 10분 전

오호라. 저런 이미지는 괜찮다고? 그래서 나는 하나의 게시물에 두 가지를 같이 올려보기로 했어. 혐오표현이라며 삭제당한 페미니즘 책의 문장과 규정을 위반하지 않았다는 웹툰 이미지. 과연 이번에도 문제가 생긴다면 그건 무엇 때문일까?

[5] 사건 발생

역시나 게시물은 삭제됐어. '나체 이미지 또는 성적 행위'라는 이유로 말이야. 방금 전 신고를 넣을 때만 해도 문제없던 웹툰의 장면이 이제부터 문제가 된 거야. 그래, 이유야 어찌 됐든 나도 그런 장면을 올렸으니까 할 말은 없어. 근데 좀 이상하지 않아? 페미니즘 책의 문장과 함께 올린 이 이미지는 삭제하면서 아직도 실제 원본은 여전히 멀쩡한 상태인 거야!

[6] 그 후

그래서 이번엔 팔로워들의 도움을 받기로 했어. 나체 이미지라며 신고당한 웹툰의 원본 게시물을 계정 스토리에 직접 공유했지. 여럿이서 함께 힘을 모으자고. 그랬더니 이번에는 그 스토리가 삭제당한거야. 원본은 여전히 멀쩡한데!!! (이후 훨씬 더 많은 팔로워들의 신고로 그 원본도 결국 지워졌어.) 분명 누군가가 악의적으로 신고를 넣었겠지만 나는 인스타그램의 대처가 더 어이없어. 이게 이중잣대가 아니면 뭐야? 너도 같이 외치자! 동일피드, 동일규정!

혹시 너도 성매매 알선 계정을 함께 신고하자며 도움을 요청하는 글을 본 적 있니? 나는 자주 봤지만 솔직히 이해할 수 없었어. SNS 측에 분명한 가이드라인이 있을 텐데 왜 그건 제대로 작동하지 않는 걸까? 신고가 잔뜩 쌓여야 삭제 처리가 된다니 이상하지 않아? 규정을 위반했다면 신고가 1개든, 100개든 간에 당연히 처리되어야 하는 거 아닌가? 그런데 그 규정이라는 게 참 고무줄 같다는 걸. 직접 겪고 나서야 알았어.

그동안 페미니즘 책의 문장을 발췌한 게시물이 '혐오표현'이라는 이유로 삭제당한 게 한두 번이 아니야. 인스타그램의 신고 기능은 지나가다가 우연히 본 게시물이 기분을 상하게 한다거나, 그저 보기 싫다는 이유만으로 누르라고 있는 게 아니잖아. 진짜 '혐오'는 바로 이런 게 아닐까? 정당한 사유도 없이 자기가 싫다는 이유로 가볍게 신고를 하고, SNS 측은 그걸 삭제 처리하지. 난 이 모두가 혐오를 몸소 실천하고 있는 거라고 생각해.

사실 다른 페미니즘 계정들이 비슷한 일을 겪는 걸 보면서 나에게도 언젠가 이런 순간이 오지 않을까 마음의 준비를 하고 있었어. 앞으로 게시물을 올릴 때마다 또 삭제되면 어쩌나 하는 걱정으로 움츠러들 나 자신과, 그럼에도 불구하고 계속 목소리를 낼 수밖에 없는 현실. 난 이 모두에 화가 나. 여성들의 목소리를 지우고 억압하는 거, 이게 혐오인데 말이야.

예전에 네가 나를 '참 신기한 존재'라고 했잖아. 그 표현이 한참이나 머릿속에 맴돌았어. 예기치 못한 상황에서도 침착하게 일을 해결해나가는 사람이라니. 내가 그렇게 멋진 어른이었나? 아무렴 어때. 비록 계획과 다르게 흘러가더라도 나의 소신과 방향대로 천천히 나아가고 있다는 사실은 변함이 없는걸. 엄마는 이런 나를 두고 '페미 주동자'라고 불러. 주동자라니 마치 반군 테러리스트가 된 기분이지만 그 별명이 썩 나쁘진 않아. 예전 네 편지에 쓰여진 말처럼.

지난 3년간 이 계정이 얼마나 많은 사람들에게 도달했을지 모르겠어. 물론 계정 하나가 타인을 바꿀 수 있다고도 생각하지 않아. 다만 이 계정에서 한 번 본 것들이, 나중에 다른 곳에서도 들려올 때 조금은 다르게 느꼈으면 좋겠어. 적어도 보기 싫다고 신고하고 마는 가벼운 이야기로 여기진 않길 바라. 그렇게 여성들의 목소리가 쌓이다 보면 언젠가는 균열이 생기지 않을까? 지금도 작은 균열이 생기고 있고, 그 틈은 점점 커지고 있잖아. 그렇게 차별이라는 벽은 한순간에 무너질 테니까.

(한겨울의 악몽)

　가끔 보면 사람은 타인을 사랑하기보단 미워하는 데 더 많은 힘을 쏟는 것 같아요. 언니의 애정과 수고가 신고라는 버튼을 누름으로써 쉽게 사라지는 게 너무 분해요.

　언니, '조개껍데기는 녹슬지 않는다'는 속담이 있어요. '천성이 어질고 착한 사람은 주변의 악한 것에 물들지 않는다'라는 뜻이래요. 계정을 운영하는 언니의 뚝심을 보면 딱 이 말이 떠올라요. 잘 알지도 못하면서 타인을 미워하는 데 마음을 기울이는 자들은 언니에게 아무런 상처도 입힐 수 없어요. 그러니 그들에 대한 분노를 태워 사랑으로 승화시키는 우리가 되어요. 부디 이런 일들이 언니에게 악몽이 되지 않기를 바라요.

실은요, 언니 저 오늘도 그 꿈을 꿨어요. 찬바람이 불어오는 이맘때면 그때의 기억들이 떠올라요. 이제는 흐려질 만도 한데 저의 기대를 비웃듯이 잊히기는커녕 더욱 선명해져요. 마치 잊고 지냈던 날들을 호되게 혼내듯 잠 못 이루는 밤을 선사하죠.

꿈속의 저는 초등학교 4학년이에요. 혼자 집에서 노는 게 싫어 늘 밖으로 나갔죠. 그러다 하루는 친구가 눈썰매를 타자고 했어요. 초등학교와 빌라 사잇길에 훌륭한 내리막길이 있었거든요. 그곳에 가니 작은 동산을 이루며 눈이 쌓여 있었어요. 길을 터놓은 정중앙은 피해 그 옆에 있는 눈을 모으기 시작했어요.

시간이 가는 줄도 모르고 한참을 놀고 있는데 어

디선가 시선이 느껴졌어요. 시린 입김이 나오는 계절과 맞지 않는 온도의 시선이요. 눈을 깜박이며 주변을 둘러보았죠. 제가 서 있는 곳에서 300미터 정도 떨어진 곳에 아저씨가 서 있었어요. 그 아저씨는 조용히 저희를 바라보고 있었지요. 저는 기시감을 느끼며 눈알을 굴려 주변을 살폈어요. 사방이 고요했어요. 친구와 저, 딱 둘뿐이었죠.

그러다 문득, 할머니께서 하신 말씀이 떠올랐어요. 타인을 오랫동안 쳐다보는 건 예의가 아니라고요. 마른침을 한번 삼키고 애써 고개를 돌려 하던 놀이를 마저 했어요. 눈을 부지런히 나르고, 쌓고, 지반을 다져 미니 눈썰매장을 만들었죠. 신발에 들어간 눈을 털며 그 아저씨가 아직도 있을까 궁금해졌어요. 고개를 들었는데 여전히 그 자리에 서 있더라고요. 아까 기시감이 들었다고 했었죠. 맞아요, 기억났어요. 그 눈빛. 사자가 수풀 사이에 어깨를 낮추고 먹잇감을 기다리는 그런 눈빛이었어요.

동시에 발견했죠. 아저씨는 저희를 쳐다만 보고 있는 게 아니라 어떤 행위를 하고 있었어요. 그런데 점차 저희와의 거리가 가까워졌어요. 아저씨는 자위를 하고 있었어요. 그것도 저희를 뚫어져라 바라보면서요. 친구와 눈이 마주친 동시에 소리를 꽥 질렀어요.

전 친구의 손을 잡고 달리기 시작했어요. 아저씨는 그 짓을 하면서 집요하게 저희를 쫓아왔어요. 할머니가 보고 싶었어요. 그러나 차마 우리 집으로 달려갈 순 없었어요. 순간 집을 알려주면 안 될 것 같다는 두려움이 저를 덮쳤거든요. 그래서 학교 쪽으로 방향을 틀었어요. 친구의 손이 하얘져라, 꼭 쥔 채 달리고 또 달렸죠. 그 남자와의 거리가 점점 50미터, 40미터…… 남자가 저희를 향해 손을 뻗었고, 그 순간.

번뜩 잠에서 깨어났어요. 꿈에서 깬 저는 아무것도 할 수 없어요. 오한이 들고, 손발이 저려요. 이 악몽은 시나리오만 달리할 뿐, 언제나 똑같아요. 그 안에서 저는 언제나 무력하죠. 전철을 탔을 때 뒤에서 뭉근하게 비벼오던 앞섶을, 버스 손잡이를 잡은 제 손을 문지르던 꺼림직한 그 손가락을, 소름끼치는 그 순간들을 단 한 번도 잊어본 적 없어요.

그때로부터 십여 년이 흘렀고, 저는 성인이 됐어요. 이제는 그 기억들로부터 멀리 달아났다고 생각했는데 아니었나 봐요. 가해자는 진즉 다 잊었을 텐데. 아니, 이전에 자신이 가해자라는 사실조차 모를 텐데 말이죠. 그 불쾌하고 소름 돋는 기억들이 저의 가장 약한 틈을 파고들어 기분을 엉망진창으로 만들어놓고 도망가 버려요. 깜빡이 없이 들어와 제 안을 헤집어 놓는 기억들로부터 멀리 달아나고 싶어요.

하, 언니.
진짜 어떻게 하면 좋을까요.

(현실에서 눈 돌리고 싶을 때)

오늘 네 편지를 읽으면서 내 마음도 같이 쪼그라
드는 기분이었어. 우리네 삶은 왜 이리 고달플까. 거
센 바람에 바들바들 떨면서도 꺼지지 않으려 발버둥
치는 촛불 같아. 그 촛불들을 모아 더 큰 불꽃이 되
자고 말해주고 싶은데 오늘은 나도 기분이 메롱이라
쉽지 않네. 그래도 이거 하나만큼은 확실해. 네 잘못
이 아니라는 거. 너도 알지? 네가 악몽에서 자유로워
지는 그날까지, 몇 번이고 몇십 번이고 말해줄게.

가끔 그럴 때 있잖아? 평소라면 화내고 분노했을

사건들이 유난히 일상에 끈적하게 달라붙어서 더 힘겹게 느껴질 때 말이야. 난 오늘이 그랬어. 지하철에서 멍하니 스마트폰을 하다가 마주친 기사 한 줄에도, 식당에서 맛있는 밥을 먹다가 들려오는 뉴스 소리에도 순식간에 눈물이 앞을 가리는거야. 과연 세상이 나아지고 있긴 한 걸까 그런 회의감에 내가 통째로 집어삼켜지는 기분이었어. 하루도 쉬지 않고 쏟아져 나오는 여성 대상 범죄 기사들을 보면 때로는 화가 나는 걸 넘어서 무력함까지 느끼게 돼.

무미건조하게 작성된 기사를 읽다 보면 얼굴도 이름도 모르는 피해자가 겪었을 아픔이 떠올라. 나만 그런가? 그래 봤자 그가 느낀 고통의 만분의 일에도 미치지 못할텐데. 때로는 그마저도 외면하고 싶어. 누군가에겐 공감은커녕 이해조차 못할 일들이 나에겐 생생한 공포로 다가온다는 게 억울하고 답답하게 느껴진 적도 있어. 부정적인 감정들이 나를 휘감을 때, 이를 떨쳐내기 위해 발버둥치는 내 자신이 안쓰러워.

왜 내 눈에만 이런 사건들이 더 잘 보이는 것 같지? 이 사회에서 여성이 처한 현실을 마주하며 느낀 분노, 좌절, 절망, 무력감, 허탈함, 이런 감정들을 겪지 않았더라면 어땠을까. 겨우 괜찮아진 것 같다가도 벌컥 문을 열고 들어오는 분노와 마주하고, 이 세상에 신물이 나고, 너덜너덜해진 마음을 끌어안길 반복하는걸. 마음속의 울분이 세상을 향한 외침으로 분출되지 못하고 내 안으로 향할 땐 삶의 의욕조차 사라져.

만난 지 일주일… "성관계 거부해 짜증나"
살해한 40대 남성 (〈서울신문〉, 2021. 07. 12일자)

글쎄, 여행을 갔는데 숙소에서 여자가 성관계를 거부한 게 짜증나서 죽여버렸대. 그런데 그 사건에 대해 애초에 여자가 원인을 제공했다고 말하는 사람들이 있더라. 같이 여행을 갔으면 남자는 이미 기대하고(이 표현도 참) 있었을텐데 그걸 거부하면 어쩌냐고 말이야. 애초에 사귄 지 일주일 만에 여행 간 여자도 잘한 건 없다는 식의 2차 가해가 넘쳐나고 그런 댓글이 또 베스트 댓글이었어. 인류애가 사라진다는 건 이럴 때 쓰는 표현인가 봐.

물론 터무니없이 낮은 형량을 비판하는 댓글도 많지. 개중에는 '피해자가 판사 딸이어도 이럴까'라는 목소리도 있었어. 어떻게 이런 판결을 내릴 수 있는지 도저히 이해가 되지 않는 마음이야 나도 백 번이고 천 번이고 동의해. 국민들의 법감정과 거리가 있는 형량에 대한 한탄인 것도 알고. 그런데 그들은 애초에 본인이 피해자가 될 수 있다는 전제는 하지 않는 것 같아. 피해자는 언제나 여성의 얼굴로 존재할 뿐이잖아. 근데 애꿎은 판사의 딸은 왜 갑자기 소환되는 거야?

이 사회는 마치 브레이크가 고장나 스스로 멈출

수 없는 폭주 기관차 같아. 사회적 맥락은 전혀 고려되지 않은 채 오로지 가해자 개인의 악행으로 치부되는 순간들이 쌓여 비슷한 범죄가 계속 발생하는 거잖아. 대체 어디서부터 어떻게 잘못된 걸까. 과연 우리에겐 희망이 있을까.

(우리는 운이 좋아 살아남았다)

언니, 이번 도쿄올림픽 봤어요? 여자 배구팀의 선전을 비롯해 선수들이 각자의 위치에서 치열하게 경쟁하고 승패에 상관없이 서로를 안아주며 뜨거운 눈물을 흘리는 모습이 인상적이었어요. 그 장면을 사진으로 남겨 이름을 붙인다면 저는 '희망'이라고 붙여주고 싶어요. 여성이라는 이유로 올림픽에 참가할 수 없었던 시절도 있었는데……. 이번 도쿄올림픽의 여성 참가율은 49퍼센트였다고 해요. 역대 가장 많은 여성 종목 경기가 열린 것이죠.

여자가, 올림픽을? 그 생각이 바뀌기까지, 여자

배구팀의 4강을 TV로 볼 수 있게 되기까지, 얼마나 많은 투쟁이 있었을까요. 이런 걸 보면 세상은 느리지만 분명 변화하고 있는 것 같아요. 앞으로도 그렇겠죠? 지금보다는 분명 나은 세상이 올 거라고 믿어요. 그러니 우리 낙심하지 말고 오래오래 살아요.

언니, 저는 사람을 살게 하는 것이 무엇이냐 묻는다면 낭만이라고 답할래요. 때로는 드라마나 영화보다도 더 지독한 게 우리네 인생이 아닌가요. 그렇다면 시궁창만 들여다볼 것이 아니라 기꺼이 낭만을 따라가며 살겠노라 다짐했던 것 같아요.

저의 낭만은 덕질이었어요. 현실의 대체품이고, 피난처였죠. 남에게 내세울 만한 꿈 하나 없이 그저 흘러가는 대로 살던 때, 그런 저를 붙들어준 게 무대 위 아이돌이었어요. 열정을 지닌 그들이 부러웠어요. 동경이 애정이 되기까지는 그리 오래 걸리지 않았죠.

고3 때, 처음 스마트폰으로 바꾸면서 제일 먼저

설치한 앱이 트위터였어요. 제가 좋아하는 그들과 좀 더 닿고 싶었거든요. 타임라인에 실시간으로 뜨는 사진과 영상들로 정신을 차릴 수가 없었어요. 고3임에도 불구하고 종일 스마트폰만 붙들고 살 정도였죠. 트위터 친구들도 사귀었어요. 가끔 그들과 오프라인에서 만나 아이돌들에 대해 떠드느라 시간 가는 줄도 몰랐어요.

그러다 제 타임라인이 발칵 뒤집히는 사건이 일어났어요. 바로 강남역 화장실 살인사건. 서울 강남역 인근 주점 화장실에서 한 남자가 먼저 들어온 남성 여섯 명은 보내고 그 뒤에 들어온 여성을 칼로 찔러 살해한 끔찍한 사건이었어요. 아이돌 얘기로 가득했던 제 타임라인은 순식간에 슬픔과 분노와 애도로 뒤덮였어요. 이 사건은 단순히 '묻지 마 범죄'가 아닌 명백한 '여성 혐오 범죄'라며, 많은 이들이 목소리를 내기 시작했죠. 동시에 제 세상 또한, 한 번 더 뒤집혔죠.

（ 빤 다 ）

솔직히 사건을 처음 접했을 때 제가 어떤 생각을 했는지 알아요? '여자가 새벽 1시에 혼자 돌아다니다가 험한 일 당했구나'였어요. 그러다 점차 '우리는 운이 좋아 살아남았다'라는 한 문장에 오래 머물게 됐죠. 여자는 새벽에 돌아다니면 왜 위험한 걸까? 그런 생각이 가장 먼저 든 이유는 뭘까? 세상을 향한 의문들이 꼬리에 꼬리를 물었죠. 아무리 울분을 토해내도 결국 돌아오는 것은 '여자가 더 조심해야 한다'라는 주의뿐이었거든요. 여자들은 왜 여자'만' 조심해야 하는 세상에서 살고 있을까요.

피켓과 촛불을 들고 거리로 쏟아져 나온 많은 여성의 바람은 간단했어요. 여성의 안전권 보장, 범죄에 따른 정당한 처벌. 당연한 것을 요구해야만 한다는 사실이 절망스러웠어요. 저는 그 어둠을 밝히는 그들의 편에 서서 목소리를 내기로 했어요. 어둠은 빛을 이기지 못한다는 걸 보여주고 싶었거든요. 그렇게 피드의 주제가 바뀌어 갈 무렵, 제 덕질의 역사는 다른 방향으로 흘러가기 시작했어요.

물론 마음을 먹는다고 해서 저라는 사람이 180도 바뀌진 않았어요. 2n년을 가부장제 속에서 무엇이 문제인지도 모른 채 살아왔던걸요. 언니를 만나고 다시금 현실을 직시하면서 내가 그동안 얼마나 무지했는가를 깨달을 때마다 너무 괴로워요. 하지만 페미니즘을 알기 전으로 돌아갈 순 없을 것 같아요. 그걸 인정하는 자만이 다음 세상을 향해 들어갈 수 있다고 생각해요. 페미니스트로서 제가 하는 실천들은 거창하지 않아요. 소설과 에세이로 가득 찼던 책장에 페미니즘 책 한 권을 꽂아 두고, 피해 여성들의 목소리를 담은 기사를 찾아보고, 청원에 '동의합니다' 다섯 글자를 새겨 넣는 일. 그게 전부예요.

얼굴도 이름도 모를 그녀들의 삶이 무엇이 그리도 애틋하고 특별하냐고 묻는다면…… 모르겠어요. 그저 살아만 있었다면, 어떻게든 삶이라는 불꽃을 태우며 살아갔을 텐데. 그런 작은 불씨들이 힘 없이 사라져간 게 절 힘들게 해요. 결국 저도 언니도 그리고 우리도, 함께하지 못한다면 이윽고 꺼져버릴 작은 불씨니까요. 그러나 언니, 이제 저는 알아요. 아무리 작은 불씨라도, 가벼운 바람 한번에 몸집을 키워 화력을 불태울 수 있다는 걸요. 그러니, 우리는 결코 운으로만 살아남은 자들은 되지 말아요.

(페미니즘과의 첫 만남)

사람들이 나에게 가장 많이 물어보는 게 뭔지 알아? "어떻게 페미니즘을 접하게 되었어요?" 바로 이 질문이야. 아무래도 SNS에서 페미니즘 계정을 운영하다 보니 더 그런 거 같아. 요즘 그런 질문을 유난히 많이 받다보니 내가 페미니즘과 처음 만났을 때를 떠올려봤어.

가부장제 사회에서 지금껏 자라오면서 겪었던 일들이 내 삶에 층층이 쌓여왔고, 그 퇴적층이 드디어 언어를 만났다고 하는 게 적당할 것 같아. 그동안은 내가 여자답지 못하고, 세상에 불만투성이인, 예민하고 까칠한 사람이라고만 생각했거든.

너도 그런 말 들어본 적 있지 않아? "여자가~"라는 말로 시작하는 수많은 금지어들 말이야. 옷차림부터 시작해서 어린 시절 장난감에 이르기까지. 세상에 이렇게나 만능인 단어가 또 있을까? 다리를 벌리고 앉으면 "너는 여자애가 부끄러운 줄도 모르니", 지렁이 같은 글씨를 보고는 "여자애가 글씨가 이게 뭐니?", 음식을 흘리기라도 하면 "여자애가 왜 이렇게 칠칠맞아?"라고 하잖아. 아, 때로는 칭찬의 방식으로 쓰이기도 하네. "넌 다른 여자들과 달라." 근데 이거 칭찬 맞아?

물론, 발화점이 된 계기가 아예 없었던 건 아니야. 때는 바야흐로 2015년, 대학생이었던 난 별다른 고민 없이 '페미니즘 철학 입문' 강의를 신청했어. 교수님의 시험 출제 스타일이 나와 잘 맞아서 학점을 쉽게 따려는 계획이었지. 그런데 그 수업을 기점으로 내 인생은 전혀 다른 방향으로 흘러갔어.

수업 내용 중에서 가장 기억에 남는 건, 이성 간의 성관계가 얼마나 남성 중심적인 언어를 사용하고 있는지에 대해 배운 거였어. 남성의 사정을 기준으로 성관계 횟수를 세는 방식부터, 남성의 입장에서 삽입이지 여성의 입장에서는 삽입이 아니라는 부분에서는 정말 머리를 한 대 맞은 듯했지. 이렇게 생각할 수가 있다니? 나는 왜 그동안 문제의식조차 갖지 못 했던 걸까? 발상의 전환으로 마치 신세계가 열리는 기분이었달까? 그렇게 우연히 날아온 불씨가 내 안에서 활활 타오르며 세상의 검열들을 모조리 태워버리고 있어.

내게 페미니즘이란 세상을 보는 하나의 안경이자 내 모습을 돌아보게 만드는 거울이기도 해. 그리고 다른 사람을 사랑하는 방식이지. 타인의 입장을 헤아려 보는 것, 사회 구조적인 문제를 인식하는 것. 손가락이 아니라 그 손끝이 가리키는 곳을 바라보는

(도 회)

것. 그 모든 게 내겐 페미니즘이야.

　이제야 하는 말이지만, 만약 내가 페미니즘을 알기 전에 우리가 만났더라면 너랑 이렇게 친해지진 못 했을거야. 그때의 나는 지금보다 훨씬 더 냉소적이고, 이기적이고…… 하하, 아무튼 그랬어. 한편으론 지금 페미니즘을 만나서 참 다행이다 싶어. 만약 조금만 더 일찍 알았더라면 과연 여전히 페미니스트로 살아갈 수 있었을까? 지금보다 더 외롭고 힘들었을지도 몰라.

　우연히 날아온 불씨, 우연히 시작된 너와의 인연, 우연히 시작한 페미니즘 계정, 이 우연의 나비효과는 과연 어디까지 갈까. 이 사회는 얼마나 바뀔까. 삶의 방향이 1도만 달라져도 우리는 전혀 다른 세상에 도착하겠지?

(영원한 슬픔은 없을 거예요)

세상에 100명의 사람이 있다면 분명 그들이 살아가는 방식도 100가지일 거예요. 그 많은 방식 중 언니가 택한 길은 페미니즘이죠. 결연한 태도로 선택한 길도 아니고, 특출나게 멘탈이 튼튼한 것도 아니면서 왜 가시밭길을 택했을까. 한편으로는 그 선택이 참 언니답다는 생각이 들기도 했고요.

언니는 온몸으로 부딪쳐가며 자신의 방식대로 타인을 사랑하죠. 대단하고 멋있어요. 그런 언니를 좋아하지 않을 방법은 아마 없을 거예요. 맞아요, 언

(반다)

니는 제 생각보다 더 강한 사람이죠(사랑을 하는 이보다 강한 자는 없으니까요!). 제가 자꾸 언니에게로 몸을 기울이는 것도 어찌 보면 당연해요. 예상치 못한 소낙비에 홀딱 젖은 이에게 필요한 건 우산이 아닌 타인의 온기일 테니까요. 특히 오늘 같은 날에는 더더욱이.

평소와 달리 엄마의 코 고는 소리가 더 크게 들려와요. 엄마는 학교 청소일을 하세요. 오늘은 화장실 청소라도 하고 오신 걸까요. 잠든 얼굴 위로 고단함이 묻어 있어요. 꽉 잠긴 두 눈 너머로 엄마는 어떤 꿈을 꾸고 있을까요. 그 옆에 누워 앓는 소리를 내시는 할머니는 어떤 하루를 보내셨을까요. 일부러 귀를 막고 눈을 더 질끈 감아요. 그들의 고단함으로부터 있는 힘껏 달아나요. 가족이라 할지라도 제가 그들에게 쏟을 마음은 없다는 듯이 말이죠.

실은, 저도 오늘 하루가 참 고단했거든요. 출근길에는 버스를 놓치고, 새로운 점심 메뉴도 실패였죠.

업무 중에는 실수를 연발해서 "죄송합니다"를 입에 달고 살았어요. 저녁도 먹지 못한 채 정신없는 하루를 살아내고 집으로 돌아오니 이미 녹초가 되어버렸죠. 이런 날에는 위로를 받고 싶어요. "다 괜찮아 수고했어"라는 말 한마디가 간절해져요. 그러나 저를 다독이는 건, 약 한 알입니다.

사람들이 영양제를 챙겨 먹듯 저도 아침저녁으로 약을 먹어요. 알록달록한 알약의 개수를 세어보다가 물과 함께 꿀떡 넘깁니다. 아픔을 삼켜내는 일은 생각보다 더 간단해요.

제 사정을 잘 모르는 가족들은 물어요. 그 약은 언제까지 먹느냐고, 왜 여태 먹느냐고요. 실은 저도 잘 몰라요. 언제까지 약을 먹어야 하는지, 과연 나아지고 있긴 한 건지 말이에요. 끝없는 우울과 불안에 삼켜지는 불면의 밤은 아무리 겪어도 익숙해지지 않죠. 언제 나을지도 모르고요. 그래서 그저 약만 꿀떡 삼킬 뿐이에요.

〈반다〉

생각의 꼬리는 끝도 없이 이어져 저를 어린 시절로 데려다놓아요. 남루하고 자랑할 것 없는 그 시절로요. 모부에게 청각 장애가 있다는 사실은 언제나 저를 주눅 들게 했어요. 운동회나 학부모 참관 수업에 엄마, 아빠가 오시는 게 싫어 가정통신문을 숨기기도 했어요. 친구를 집에 초대한 적도 없었죠. 모부님과 함께 지하철을 타면 다른 이들의 호기심 어린 눈빛 혹은 동정하는 시선을 견뎌야 했는데 그건 진짜 곤욕이었죠.

유통기한이 하루이틀 지난 음식은 아무렇지 않게 삼켜내는 애매한 가난 역시 그림자처럼 절 따라다녔어요. 방학이 되면 정문 앞에 있는 트럭에서 무료 우유를 가져오는 게 창피했고, 학기 초마다 담임 선생님께 집안 사정을 이야기하며 받아오는 문제집이 초라했어요.

그러나 가장 싫었던 건 그 모든 상황을 견디지 못하며, 나의 뿌리를 부정하는 제 자신이었죠. 이런 이야기를 어디에 할 수 있을까요. 그냥 속으로 꾸역꾸역 삼켜낼 뿐이었어요. 그 감정들에 이름을 붙여주기엔 당시 제가 미숙했는걸요. 더 나은 사람이 돼야 해, 더 좋은 사람이 되어야 해, 너의 희생은 당연한 거야. 무수한 '해야만 해' 속 저를 품어주는 말은 그 어디에도 없었어요.

어디가 얼마나 다쳤는지 마주해야 치료도 할 수 있는데 저는 그 용기가 부족했어요. 제 마음을 여기까지 들여다보는 데도 꽤 오랜 시간이 걸렸어요. 그리고 누군가의 도움을 받기로 결심하는 데까지도요. 상담을 다닌 지도 벌써 1년이 넘어가네요. 상담 선생님께선 그러셨어요. 모든 감정에는 옳고 그름이 없다고, 네가 느끼는 게 곧 답이라고. 영원한 슬픔은 없고, 느리지만 나아가고 있다고.

언젠가 언니도 저에게 이런 말을 해준 적이 있었죠? 아무리 버거운 상황에서도 희망을 찾아 나서는 모습이 마치 콘크리트 바닥에서도 꽃을 피워내는 민들레 같다고요. 그날은 설레서 잠이 안 왔어요. 까먹을세라 일기에 적어놓고 저 자신이 한심하다고 여겨질 때마다 곱씹고 또 곱씹었어요. 아무리 구원은 셀프라지만 함께라는 힘을 이길 순 없나 봐요.

상처의 뿌리를 찾는 일은 어려운 일이에요. 뿌리가 다치지 않도록 캐내는 일은 더더욱 쉽지 않겠죠. 하지만 이거 하나는 알아요. 저의 곁에는 언제든 제가 뒤돌아봐주기를 기다리는 사람들이 있다는 걸요. 제가 손을 내밀지 않았을 뿐, 그들은 언제나 그 자리에 서 있었죠. 이젠 외롭다고 생각하지 않을래요. 그리고 언니 말처럼 어디서나 뿌리를 내리고 생명을 틔우는 민들레 홀씨와 같은 사람이 되어 날아갈게요. 휘잉-♪

(책을 선물하세요)

편지란, 이런 걸까? 말로는 쉽게 하지 못할 이야기들을 털어놓게 만드는 힘이 있는 것 같아. 너의 어린 시절을 떠올리며 눈이 시큰거렸어. 그리고 동시에 생각했지. 다음에 만날 땐 책을 선물해야겠다고.

나는 책 선물을 굉장히 즐겨하는 사람이거든. 받고 싶은 않은 선물 부동의 1위를 차지하는 게 책이라는 걸 알면서도 어쩔 수가 없어. 주고 싶은 걸 어떻게해. 책을 읽다 보면 떠오르는 사람이 있기도 하고, 고민을 한가득 안고 있는 사람을 위해 선물할 책을 찾아 나서기도 해. 특히 지금처럼 상대에게 응원과 위로를 보내고 싶을 땐 더더욱 책만 한 게 없지!

아, 그러고 보니 네가 나에게 책을 선물한 적도 있었잖아. 그건 나에게 프러포즈와 다름없는 일이었어. 책을 발견하고, 나를 떠올리고, 내 책장을 떠올리고, 결심을 하고, 책을 구매하고, 나에게 직접 건네주기까지. 그 번거로운 일들을 가능케하는 마음이 정말 감동이었어. 그런데 그게 너의 처음이자 마지막 책 선물이었지. 왜 더 이상 책 선물을 하지 않는 거니 (기다리고 있을게^^).

사실 책만큼 선물하기 쉬우면서도 어려운 것도 없을 거야. 누군가를 위해 책을 고르는 일은 간단해 보이지만 꽤나 섬세함이 필요한 일이거든. 그럼 내가 다년간의 경험으로 축적된 노하우를 알려줄 테니, 잘 숙지해서 나에게 책을 선물하도록 해. 성공적인 책 선물을 위해 지켜야 할 중요한 네 가지 철칙이 있어.

첫 번째, 상대가 선물 받은 책을 읽을 거라는 기대 버리기. 그럼 대체 책을 왜 선물하냐고? 그저 그 사람의 공간에 그 책이 놓여 있길 바라는 마음이야. 2019년 국민독서실태조사에 따르면 성인 가운데 절반 가까운 사람들이 1년에 한 권도 책을 읽지 않는다고 해. 내 주변 사람들도 대부분 여기에 포함되고. 그래서 나는 포장이라도 예쁘게 해서 책을 건네는 편이야. 예쁜 포장지로 싼 선물은 손의 감촉만으로도 책이라는 걸 알지만, 포장을 뜯는 그 찰나의 기쁨과 즐거움이 있잖아.

두 번째, 내가 읽은 책만 선물하기. 내가 먼저 읽고 나서 좋았던 책을 선물하거나, 상대에게 주고 싶은 책이 있으면 일단 내가 먼저 살펴봐. 그러고 나서 책의 중요한 부분에 태그를 해서 주는 거야. 상대가 아무리 책을 안 읽는 사람이라도, 보통은 선물 받은 책을 휘리릭 펼쳐보기라도 할 테니까. 최소한 여기 이 부분만이라도 읽어줬으면 하는 욕심을 내보는 거지.

세 번째, 상대가 선물 받은 책 이야기를 꺼내기 전까지는 절대! 먼저 이야기하지 않기. 왜냐하면 안 읽었을 확률이 99퍼센트거든. 만약 읽었다면 먼저 대화를 꺼냈을 테지. 이게 참 지키기 어려워. 나는 그 책이 상대에게 정말 도움이 될 것 같은데, 안 읽었다고 하면 자꾸만 잔소리를 하고 싶어지거든. 그래도 꾹! 참아.

마지막 네 번째, 내가 선물한 책을 상대가 좋아하지 않더라도 상처받지 않기. 아무리 정성껏 책을 골라도 그게 나에게만 좋은 책일 수 있잖아. 이건 책뿐만 아니라 다른 선물들도 마찬가지일 테니 자세한 설명은 생략한다!

책을 안 읽는 사람에겐 그 나름대로 조심해야 할 게 많고, 책을 좋아하는 사람은 그 사람의 취향과 호불호를 고려해야 해. 그리고 요즘엔 종이책보다 전자책을 선호하는 사람들도 늘어나고 있으니 그런 것도 염두에 두어야 하지.

내가 계정에서 페미니즘 책 추천도 자주 하곤 하잖아. 가장 어렵지만 그만큼 보람 있고 재미도 있어. 나름 세분화해서 상황이나 고민에 따라 도움이 될 만한 책을 제안하기도 하고 구체적인 주제(운동, 비혼, 여성운동역사 등등)에 따라 분류하기도 해. 이 콘텐츠 이름도 있어. 바로 이럴 땐, 이런 책! 페미니즘 책을 읽고 싶지만 막상 어떤 책부터 읽어야 좋을지 몰라서 망설이는 사람들에게 조금이나마 도움이 되고 싶거든.

아무리 생각해 봐도 책 선물은 너무 어렵고 비효율적인 것 같다고? 맞는 말이야. 하지만 그런 단점들을 뛰어넘는 최고의 장점이 있어. 바로, 책 선물은 주는 사람의 마음을 오롯이 느낄 수 있다는 거. 자, 그러니 이제 나에게 책을 선물하세요!

(도희)

(잘 먹고 잘 살 거예요)

언니, 오늘의 마음은 어떤가요?

오늘의 첫 문장은 이렇게 시작하고 싶어요. 쉽게 스쳐 지나가는 질문이라 여겨도 괜찮아요. 저는 그저 언니가 궁금할 뿐이에요. 드라마보다 더 드라마 같은 현실 아래 절망하고 있는 건 아닌지, 웃고 있는 얼굴이 진심인지, 힘든 점이 있다면 무엇이 언니를 힘들게 하는지 궁금해요.

게임 레벨이 오르듯 삶에 대한 경험치도 팍팍 쌓

이면 좋을 텐데, 나이만 먹는다고 해서 인생의 경륜이 거저 생기진 않더라고요. 세상에는 직접 부딪혀봐야 알 수 있는 것들이 많아요. 땅만 보고 살 게 아니라 가끔은 하늘도 올려다봐야 한다는 걸 알게 되었고, 숲만 보고 갈 것이 아니라 나무도 볼 줄 알아야 한다는 것도 알게 되었어요. 관계에 있어서는 진심 대 진심으로 다가가야 나중에 후회가 없다는 사실도 깨달았죠. 사실 그걸 가장 최근에야 배웠어요. 다름 아닌 언니의 편지를 통해서요.

종종 삶에 대해 참을 수 없는 불안과 갈증이 날 때마다 언니의 편지들을 떠올려요. 미래만 보다 현재를 놓치지 말자고 다짐하는 순간들이 늘어났죠. 그렇게 언니를 따라 걷다 보니 어느새 이만큼이나 왔네요.

가끔 언니를 바라볼 때면 그 작은 몸으로, 이 커다란 세상을 온몸으로 들이받으며 산다고 느껴요. 그 모습이 치열하게도 보이고, 간절하게도 보여요.

(반다)

언니는 스스로를 겁쟁이라 여기는지도 모르지만, 저는 언니가 누구보다도 강한 사람이라고 믿어 의심치 않아요.

전 한 걸음 망설이다가도 열 걸음을 내딛는 언니의 단단함이 좋아요. 페미니즘 책을 손에서 놓지 않는 것도, 계정을 운영하는 것도 그 무엇 하나 쉬운 일은 없지만, 이 모든 일은 그만큼 사람들을 사랑하기 때문에 가능하단 걸 알아요. 값을 바라지 않고 순수하게 주는 애정에 기반하여 이루어진 일들이니까요. 언니의 애정에서 비롯된 일들이 사람들에게 얼마나 큰 위안이 되고 연대가 되는지 아나요? 모른다면 꼭 알아줬으면 좋겠어요.

제 삶에서 어떠한 확신이 서지 않을 땐 언니의 계정을 봐요. 꾸준히 늘어나는 팔로워 숫자가 의미하는 바를 알기에 저 또한 힘이 나요. 그만큼 함께하는 사람들이 늘어나고 있다는 확실한 증거잖아요. 보란듯이 잘 먹고 잘 살고 싶어요. 벌써 부터 바뀔 세상이 기다려지네요.

수많은 여성의 삶은 돌고 돌아 제 삶이 되었고, 결국 응원하고, 지지하고, 애정하게 되어버렸는걸 요. 제가 이렇게 느낄 수 있었던 건 언니 덕분이에요. 언니를 만나서 참 다행이에요.

(반다)

(살면서 제일 잘한 일)

오늘은 이 계정을 시작한 지 900일이 되는 날이야(축하해줘!). 내가 이 계정에 얼마나 진심인지, 얼마나 많은 시간과 정성을 들여서 게시물을 하나하나 쌓아가고 있는지 알지? 그럼 내가 어떻게 계정을 처음 시작하게 되었는지도 알아? 사람들에게 페미니즘을 알리고 싶은 마음? 보다 나은 세상을 위해 기여하는 마음? 아니, 결코 이런 대의로 시작하지 않았어. 그저 한 친구에게 잘 보이고 싶었을 뿐이야.

벌써 3년쯤 되었나. 친하게 지내던 친구 A가 있었어. 당시 그 친구는 프랑스에서 공부를 하고 있었는데 서울과 파리의 8시간 시차도 우리의 티키타카를 막을 순 없었지. 관심사도 비슷하고 무엇보다 유머 코드가 잘 맞아서 새벽 5시까지 연락하면서도 졸린 줄 몰랐어.

어느 날은 대화 중에 A가 '모부님'이라는 표현을 사용하더라. 그때만 해도 저런 표현은 나에게 굉장히 낯설고 '도전적'으로 느껴졌어. 뭐랄까, 사회가 정해놓은 언어라는 틀을 깨는 것처럼 보였달까. 왜 그렇게 말하냐고 물어보았더니 A는 자기랑 더 가까운 쪽을 먼저 말하는 것뿐이라고 했어. 한일전처럼 말이야. 하나의 음절이 위치만 바뀐 건데 전혀 다르게 다가왔어. 자기 소신껏 언어를 사용하는 모습이 멋있어 보이기도 했지(지금의 너처럼 말이야!).

우리는 평소 사회 문제에 대해 다양한 의견을 나눠왔고, 거기엔 페미니즘도 빠질 수 없잖아. 그런데 나는 페미니즘보단 그저 A와 나누는 대화 자체가 재 밌었거든. 넓은 세상을 보는 그 친구의 날카롭고 예리한 시선이 좋았어. 하루는 A랑 더 친해지고 싶은 마음에 솔직하게 내 생각을 털어놓았지.

"나는 페미니즘에 관심은 있지만 방관자야."

그런데 "당당하게 방관한다고 말하는 사람과는 더 이상 친구로 지내고 싶지 않아"라는 대답이 돌아왔어. 예상치 못한 반응에 얼마나 당황했는지 몰라. 내가 큰 실수를 한 건가? 뭘 그렇게 잘못했지? 나름 페미니즘에 관심 있다고 생각했는데? 오히려 스스로 방관자라고 인정하는 것도 엄청난 용기 아닌가? 억울해! 나는 페미니즘 책도 읽는 사람이라고(이게 무슨 벼슬도 아닌데)!

도대체 왜 그런 지적을 들어야 하는지 답답하고 억울하고 짜증도 났지만 이대로 A와 멀어지고 싶진 않았어. 다른 이유도 아니고 고작 그 말 한 마디 때문에 우리 관계가 물거품으로 사라지게 놔둘 순 없잖아. 그럼 어떻게 해야 할까. 내가 얼마나 페미니즘에 관심이 있는지 알면 그 친구의 마음이 조금은 풀리지 않을까? 그렇게까지(?) 방관자는 아니다!라는 무언의 외침을 위해 계정 '읽는페미'를 시작했어.

처음엔 딱 한 달만 해보자는 마음이었어. 사실 이것도 나에겐 실현 불가능한 목표지만. 나는 원래 무언갈 꾸준히 하는 성격이 절대 아니거든. 그런 내가 회사 점심시간에 짬을 내서 카드 뉴스를 만들고, 잔뜩 술에 취한 상태에서도 페미니즘 책을 펼쳤어. 아마 이때부터였을까. 더 이상 그 친구를 위해서가 아니라 나 자신을 위해서 이 계정을 운영하게 된 게. 나조차 이해할 수 없었던 내 마음이, 그동안 느꼈던 막연한 불편함이 페미니즘 책을 읽을수록 선명하게 다가왔거든. 화선지에 먹물이 스며들 듯 조금씩 천천히, 그러나 선명하게.

（도치）

고작 페미니즘 책 몇 권 읽은 게 전부였던 상태에서 홧김에 시작한 만큼 메시지로 지적도 많이 받았지. 그중에는 '페미니즘 계정인데 남자 작가의 책은 올리지 않았으면 좋겠다'라는 내용도 있었어. 그 의견에 전적으로 동의하는 건 아니지만, 덕분에 일부 남성들이 오히려 페미니즘 내에서 발화 권력을 가지고 있다는 것도 알게 됐어.

페미니즘은 우리 모두에게 필요하지만 남자 페미니스트라는 이유만으로 더 많은 관심을 받거나 마이크가 쥐어지기도 하니까. 사람들은 나에게 '읽는 페미' 덕분에 도움이 되었다고 말하지만, 사실은 내가 배운 게 더 많아. 나는 되게 소심한 사람인데. 이 계정 뒤에 있는 나는 매일 망설이고, 고민하는 비겁한 사람인데. 팔로워들이 보는 '계정 운영자'인 나는 용기 있게 앞장서서 목소리 높이는 사람이더라. 그럴수록 더 공부하고, 더 용기내고, 더 열심히 해서, 진짜 그런 멋진 사람이 되고 싶다는 다짐을 해.

계정을 함께하는 사람들이 늘어나고 영향을 주고받으면서 나도 조금씩 변했나 봐. 솔직히 고백하자면 나는 페미니즘 계정을 운영하면서도 사람들이 많은 지하철이나 공공장소에서 페미니즘 책을 당당히 펼치지 못했었거든. 그런 내가 이제는 페미니즘 없는 삶은 상상조차 할 수 없는 사람이 되었지. 그리고 조금 알 것 같아. 그 친구가 왜 그렇게 화를 냈는지, 대체 내가 무슨 말을 했었는지 말이야. 당시의 나는 중립이라고 여기는 방구석 방관자, 그 이상도 이하도 아니었단 걸. 그런 태도는 **결국 현재의 차별을 유지하는 쪽, 권력이 위치한 곳과 같은 자리에 서게 된다**(홍재희,『그건 혐오예요』, 행성비잎새)는 것도.

앞으로도 여전히 실수하길 반복할테지만, 괜찮아. 시작은 어설펐지만 나를 견뎌준 사람들이 있었기에 지금의 내가 있으니까.

따끔하게 문제점을 지적해 준 친구 A,

악플의 스트레스를 함께 나눠 주는 너,
언니의 품격을 보여준 솜사탕 언니와
페미니즘 독서모임 멤버들,
문제의식을 공유하고, 경험을 선뜻 나눠주며,
계정을 응원하는 읽는 페미 팔로워들.

페미니즘 계정을 한다는 것. 이 한 줄에 얼마나 많은 희노애락이 담겨 있는지 너는 알까? 터무니없는 이유로 게시물이 삭제당하고, '진짜 페미'가 아니라는 소리를 듣고, 때로는 오해를 견디며 하고 싶은 말을 삼키기도 해. 그래도 오늘 하루만 버텨보자, 내 발끝만 보자, 여기서 딱 한 걸음만 더 나아가자고 스스로를 다독여. 스트레스로 잠 못 이루는 날들도 많지만 도저히 포기할 수 없더라. 나의 비밀계정, 읽는 페미를 시작한 게 내가 살면서 제일 잘한 일이거든.

반다

나는 빨리 죽는 게 꿈이었어요. 지금도 가끔 죽음으로 회피하고 싶어질 때가 있는데 그래도 언니랑 함께면 좀 더 살아갈 힘이 생기는 것 같아요. 오래오래 내 곁에 있어 줘요. 언니를 뒤 쫄래쫄래 잘 따라갈래요.

도치

언니 옆에 붙어 있으면 자다가도 떡이 나오니까 어디 가지 말고, 찰싹 잘 붙어 있어! ㅋㅋ

(읽는페미 추천도서)

이럴 땐?
이런 책!

'읽는페미' 계정에서는 다양한 페미니즘 책들을 소개하고 있습니다. DM이나 댓글을 통해 도움이 될 만한 책을 물어보시는 분들도 많죠. 그중에서 가장 많이 받는 질문들을 꼽아 이 책에 실고자 합니다.

앞서 '책을 선물하세요'라는 꼭지에서 성공적인 책 선물을 위한 네 가지 철칙이 있었는데요, 아직 잊지 않으셨죠? 특히 4번! 나에게 좋았던 책이라고 해서 상대에게도 좋은 책은 아닐 수 있다! 이 부분이요. 나에겐 맛집이지만 상대에게도 맛집이란 보장은 없는 것처럼요. 그럼에도 불구하고 여러분께 맛깔나고 근사한 책 한 끼 대접하고 싶은 마음으로 몇 권 소개드립니다.

PS.

아 참, 그리고 어떤 사람들은 페미니즘 책이 우후죽순 쏟아져 나온다며 비판하지만, 제가 보기엔 아직 턱없이 부족해요. '이런 내용의 책은 왜 없지?'라는 생각을 자주 하는걸요. 더 많은 사람들이 페미니즘에 대해, 자신의 경험에 대해 말했으면 좋겠어요.

Q. 페미니즘이라는 단어가 아직 낯설고 어려워요.

그럼요, 충분히 그럴 수 있어요. 저도 처음부터 페미니스트로 태어나지 않은 걸요. 어렵게 생각하지 말고 현재 우리가 처한 현실부터 한번 살펴보면 어떨까요? 바로 김수정 변호사님의 『아주 오래된 유죄』(한겨레출판)입니다.

N번방 사건, 직장 내 성희롱, 가정 폭력, 아동·청소년 성착취 문제 등 현재 진행형인 사건들이 일상의 언어로 쓰여 있어서 어렵지 않게 읽을 수 있어요. 다양한 사건들을 따라가다 보면 울컥 분노가 치솟고, 눈물이 나기도 해요. 그럼에도 앞선 여성들이 걸어간 길을 천천히 따라가다 보면 마냥 두렵고 막막하기만 하진 않을 거예요. 절망하지 않고 앞으로 나아가기 위해 현실을 직시할 힘과 용기, 연대를 느낄 수 있답니다. 참고로 '읽는페미'에서 가장 반응이 뜨거웠던 책 1위이기도 하고요. 어때요, 이 정도면 일단 장바구니에 넣어야겠죠?

Q. 저는 비혼을 생각 중인데 주변에 비혼 여성이 없다 보니 괜히 걱정만 많아져요.

최근 비혼을 주제로 한 책들이 부쩍 늘어나서 혼자만 내적 기쁨을 느끼고 있던 참인데, 드디어 동지가 생겼네요. 사실 저도 어떻게 비혼을 실천하지? 사람들과 다른 생애주기를 살게 될텐데 괜찮을까? 이렇게 이유 없는 막막함이 불쑥 찾아오곤 했거든요.

그런 와중에 만난 홍재희 작가님의 『비혼 1세대의 탄생』(행성B)이 참 반가웠어요. '결혼에 편입되지 않은 여성들의 기쁨과 슬픔'이라는 부재를 단 이 책은 50대 비혼 여성이 한국에서 살아가며 겪은 경험을 담은 책입니다. 여성들이 가부장제로부터 멀어진 이후의 삶을 어떻게 살아갈 것인가를 보다 면밀하게 이야기하고 있어요. 이 책을 통해 한발 앞서 비혼의 길을 간 언니의 이야기를 듣다 보면 막연하게만 느껴지던 앞날을 구체적으로, 현실적으로 그려볼 수 있을 거예요.

Q. 남자 지인을 위한 페미니즘 도서 추천해주세요.

그동안 특히 이런 질문을 정~말 많이 받았습니다. '읽는페미'에도 약 10퍼센트 가량의 남성분들이 계시고요. 그럼에도 조심스러울 수밖에 없었어요.

대체 어떤 책을 추천해야 책을 건넨 여러분도, 책을 읽는 남성들도 책을 읽기 전과는 조금 달라질 수 있을까? 고심 끝에 책을 소개해드립니다.

페미니즘에 대해 전혀 모르는 상대라면, 사회적 약자가 어떤 어려움을 겪고 있는지 전체적으로 살펴볼 수 있는 책이 좋을 것 같아요. 바로 김지혜 작가님의 『선량한 차별주의자』(창비)입니다. 워낙 베스트셀러여서 많은 분들이 알고 계실 텐데요, 처음 이 책을 읽고는 '아, 나보고 반성하라고 작가님이 이 책을 쓰셨구나' 싶을 정도였어요. 그만큼 저도 꽤나 '선량한' 차별주의자였답니다. 이후 주변에 선물도 많이 했죠. 결정 장애라는 말이 왜 문제일까?라는 의문으로 책이 시작되는데요, 앞의 몇 장만 읽어도 충분히 가치 있는 책이라고 생각해요. 개인적으로는 여성뿐 아니라 다양한 사회적 약자들에 대해 다루고 있어서 생각의 폭을 확장하는 데 도움이 되었어요. 한 권의 책으로 이렇게나 세상이 다르게 보일 수 있다니! 사실 모든 사람들에게 필독서로 권하고 싶은 책인만큼 성별무관, 나이무관, 누구에게나 추천드려요.

Q. 남자친구와 페미니즘으로 인해 갈등을 겪고 있어요!

이런 고민을 가진 분들 참 많으시죠. 비슷한 상황에서 고민하고 있는 친구에게 박은지 작가님의 『페미니스트까진 아니지만』(생각정거장)을 추천해주었더니, 하루 만에 다 읽었다고 하더군요(눈물도 찔끔 흘렸대요).

저는 본질적으로 태도에 관한 문제라고 생각해요. 친구가, 가족이, 연인이 나와 다른 입장일 때, 우리는 어떻게 해야 할까요? 반대로 여러분이라면 어떻게 하실 건가요? 상대방의 이야기에 귀 기울일 수도 있고, 주변에서 하는 말들을 무비판적으로 따라하면서 사랑하는 사람에게 상처를 줄 수도 있겠죠. 그리고 스스로도 생각해봐야 합니다. 이 관계에서 내가 허용할 수 있는 차이는 어디까지인지, 내 입장은 무엇인지, 상대방의 입장은 어떤지, 이 사람과 나는 어떤 관계를 유지하고 싶은지를요.

Q. 여성 혐오적인 발언을 하는 가족들과 자꾸만 부딪쳐서 너무 힘들어요.

맞아요, 누구나 다 한 번 쯤 겪는 일이죠. 그럼에도 불구하고 이런 질문을 하신 이유는 상대를 조금이라도 이해하고 싶고, 소통해보고 싶은 마음인 거겠죠? 페미니즘을 접하다 보면 단어 하나에도 민감해지고 불편해지는 순간은 자주 찾아옵니다. 그럴 땐 반유화 작가님의 『여자들을 위한 심리학』(다산초당)을 추천드려요. 여성학을 전공한 정신건강의학과 전문의의 사려 깊은 위로와 조언이 여러분의 마음에 한 줄기 빛이 되어줄 거예요.

페미니즘 계정을 운영하는 저를 '페미 주동자'라고 부르는 엄마와 그런 엄마의 노동에 기대어 살아가는 딸. 어찌 갈등이 없겠어요. 가족들에게 헌신하는 삶이 당연했던 엄마의 시대와 자신이 최우선인 제 시대의 삶은 간극이 매우 크죠. 이 차이점을 알고, 인정하니 그제야 엄마가 살아오신 길이 눈에 보이더라고요. 그리고 이 격차를 한 번에 줄이기는 어려울 거예요. 애인, 가족, 지인들 모두 다 마찬가지죠. 살아온 시대가 같다고 해서 또 다 같은 생각과 의견을 공유하고 사는 것도 아니니까요.

그러니 상대와 소통을 할 건지 말 것인지는 오롯이 자신의 선택입니다. 하지만 그보다 중요한 것은 상대는 내가 쉽게 바꿀 수 없다는 사실을 인지하는 거예요. 그 후에 상대와 어떻게 지낼 것인지, 어떤 방식으로 소통할 건지를 생각해 보셨으면 좋겠습니다.

Q. 페미니즘을 욕하는 사람들을 논리적으로 설득하고 싶어요.

저도 한때는 그런 마음이 참 많았습니다. 내가 더

많이 알면, 내가 더 논리적으로 말하면, 내가 더 차분하게 설명하면, 그럼 상대가 페미니즘을 이해하지 않을까?

그런데 지금은 생각이 좀 바뀌었어요. 애초에 여성이 처한 현실을 외면하는 사람들과는 건설적인 대화를 하기가 힘들더라고요. 아무리 객관적으로 실제 통계 수치를 가져와서 보여줘도 소용이 없습니다. 귀 막고 눈 감은 사람들에겐 보이지 않더라고요. 극히 일부의 반대 사례를 가져온다거나, 그럼 이건 어떻게 설명할건데? 이런 식으로 끝이 없었어요(수많은 악플에 대처하며 쌓인 경험으로 알았죠). 그래서 저는 안티 페미니즘의 극단에 있는 사람들을 설득하기보단 사회 전체의 분위기를 바꾸는 게 더 중요한 것 같아요. 인종차별이 명백히 잘못된 행위라는 걸 세상 모든 사람들이 알아도 백인우월주의를 주장하는 사람들이 여전히 있잖아요.

물론 그렇다고 해서 도움되는 책이 없다는건 아

닙니다! 2016년에 출간됐지만 여전히 최고인 이민경 작가님의 『우리에겐 언어가 필요하다』(봄알람)! 상대의 발언에 어떻게 대답하면 좋을지 실제로 활용할 수 있는 내용도 가득하고, 애초에 우리가 그들의 질문에 대답해야 할 의무가 없다는 걸 아는 것도 중요하더라고요. 악의적인 질문에 내가 전부 다 응해야 할 필요는 없다는 걸 깨닫고 나니 저는 오히려 마음이 편해졌어요.

Q. 페미니즘을 알고 나니 예전에는 재밌게 보던 TV 프로그램들이 불편해졌어요.

저도 완전 공감합니다. 예전에는 그저 재밌게만 보았던 장면인데, 이젠 더 이상 웃을 수 없게 되었지요. 저게 웃긴가? 난 불편한데. 내가 예민한건가? 대사는 또 왜 저래. 피로를 풀기 위해 본 영상인데 눈살이 찌푸려지는 순간이 늘어만 갑니다. 저 장면이 왜 문제인지 정확히 설명하지 못하는 내 모습에 답답하기도 하고요. 그럴 땐 역시 책만 한 게 없죠!

바로 이자연 작가님의 『어제 그거 봤어?』(상상
출판)라는 책입니다. 이 책은 드라마·예능·영화·다
큐·애니 가운데 스물아홉 작품을 꼽아 여성주의 관
점으로 분석한 문화 비평 에세이인데요. TV를 즐겨
보는 분들이면 다들 한 번쯤은 봤을 법한 프로그램
들이라 더 공감하며 읽을 수 있을 거예요. 더불어 우
리가 쉽게 보던 프로그램들과 미디어가 우리에게
어떤 영향을 끼치는지, 특히 여성들에게 어떻게 유
해하게 다가오는지를 생각해볼 수 있답니다.

Q. 페미니즘 관점의 그림책은 없나요?

꼭 소개해드리고 싶은 세 권의 그림책이 있어서
아무도 물어보지 않았지만 제가 셀프로 Q&A를 해
보았습니다.

먼저, 여성의 각성과 성장, 연대에 대해 표현한
조예슬 작가님의 『새 옷』(느림보), 보이지 않는 존재의 억압에서 벗어나 삶을 주도해가는 과정을 은유적으로 그린 나혜 작가님의 『숮』(창비). 일상 속에 스며든 성 역할 고정관념을 깨뜨릴 수 있는 플란텔 팀 작가님의 『여자와 남자는 같아요』(풀빛).

저는 이 그림책들을 고이 모셔놓고 주기적으로 펼쳐 봅니다. 그림책이라 부담 없이 볼 수 있고, 볼 때마다 새롭게 다가오기도 하거든요. 선물로도 종종 애용하는 편이에요(아이들과 함께 봐도 좋아요!).

Q. 그냥 알아서 좋은 책 추천해주세요.

이런 질문을 받으면, 약간 신이 납니다. 안 그래도 제가 좋아하는 책을 영업하고 싶어서 입이 근질근질했는데 드디어 기회가 왔군요. 저에게 터닝포인트가 되어 준 이라영 작가님의 『진짜 페미니스트는 없다』(동녘), 이 책을 초! 강력! 추천합니다.

제 흑역사와 관련이 있어서 부끄럽지만, 예전의 저는 같은 페미니스트들에게 더 높은 잣대를 요구하곤 했어요. 누구도 결코 도달할 수 없는 완전무결한 상태를 위해 끊임없이 비판하고 채찍질하는 경우였죠. 그런데 이 책에서 지적하는 모습이 완전 120퍼센트 제 행태와 똑같아서 깜짝 놀랐답니다. 반성도 많이 했고요, 만약 이 책을 만나지 않았더라면 지금의 '읽는페미'는 없었을거예요. 그 정도로 저에게 많은 영향을 미친 책이랍니다. 다만 2018년에 나온 책이다보니 책 속 사례들이 아쉬울 수 있어요. 그럴 땐 이라영 작가님의 『폭력의 진부함』(갈무리), 『정치적인 식탁』(동녘) 등도 함께 읽어보시면 좋습니다. 저는 이라영 작가님 책이라면 일단 돈부터 내고 봅니다. 절대 후회하지 않거든요.

Q. 더 많이 알고 싶어요!

예전에 이런 질문을 받은 적이 있습니다. "읽는 페미님이 생각하는 성평등한 세상은 어떤 모습인가요?" 저는 '인간의 기본형이 남성으로 여겨지지 않는 세상'이라고 생각해요. 이게 무슨 말이냐고요? 캐럴라인 크리아도 페레스 작가님의 『보이지 않는 여자들』(웅진지식하우스)을 읽어보세요. 인류의 역사가 얼마나 남성을 표준으로 삼아왔는지 방대한 통계와 데이터로 요목조목하게 분석하고 있답니다.

(추천도서)

언니의 비밀계정
주눅 든 나를 일으켜줄 오늘의 편지

초판 1쇄 인쇄 2022년 7월 5일
초판 1쇄 발행 2022년 7월 13일

지은이 김도치, 서반다
펴낸이 고미영

책임편집 정선재
디자인 형태와내용사이
마케팅 황승현 나해진
홍보 씨네핀하우스
브랜딩 함유지 함근아 김희숙 박민재 박진희 정승민
제작 강신은 김동욱 임현식
제작처 영신사

펴낸곳 (주)이봄
출판등록 2014년 7월 6일 제406-2014-000064호
주소 10881 경기도 파주시 회동길 455-3
전자우편 yibom@yibombook.com
팩스 031-955-8855
전화 031-8071-8671(마케팅) | 031-955-9981~3(편집)

ISBN 979-11-90582-62-9 03810

이봄은 (주)문학동네의 계열사입니다.
잘못된 책은 구입하신 곳에서 바꿀 수 있습니다.

springtenten   yibom_publishers